晨讀5分鐘，
一天一頁，從學到會！

成語四格漫畫 2

木海 著　SOUART 繪

晨星出版

目錄

經部

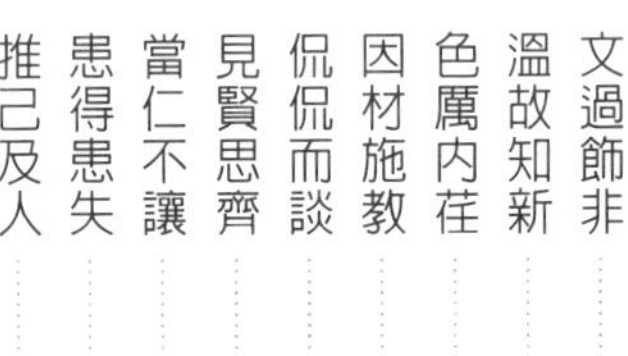

論語

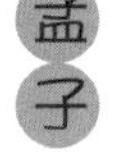

孟子

禮記

周易

子部

老子

莊子

墨子

荀子

韓非子

呂氏春秋

釋家

孫子兵法

淮南子

集部

楚辭

世說新語

唐詩

宋詞

PK

雜劇與傳奇

明代小說

清代小說

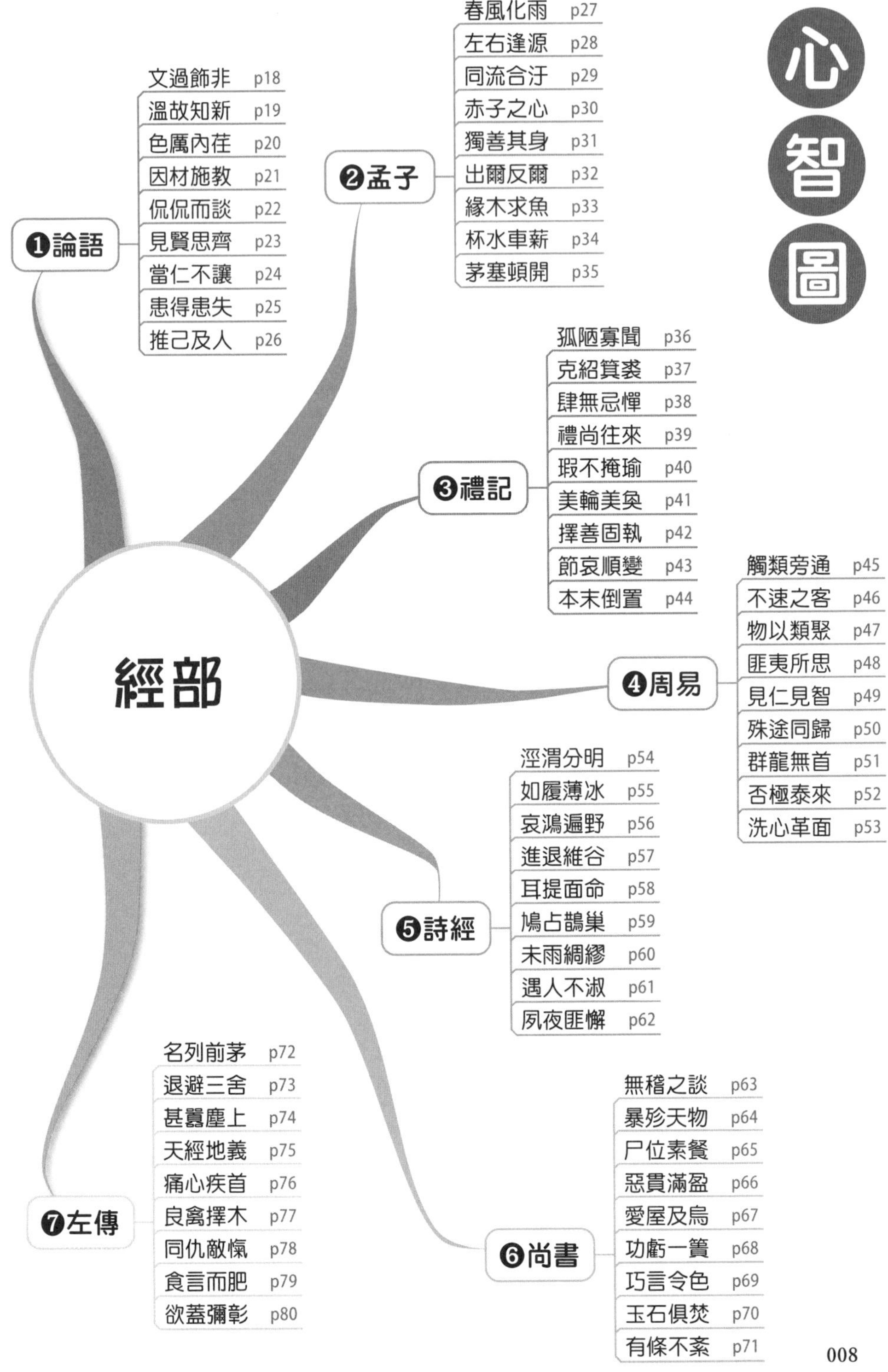
心智圖
經部
❶論語
文過飾非 p18
溫故知新 p19
色厲內荏 p20
因材施教 p21
侃侃而談 p22
見賢思齊 p23
當仁不讓 p24
患得患失 p25
推己及人 p26
❷孟子
春風化雨 p27
左右逢源 p28
同流合汙 p29
赤子之心 p30
獨善其身 p31
出爾反爾 p32
緣木求魚 p33
杯水車薪 p34
茅塞頓開 p35
❸禮記
孤陋寡聞 p36
克紹箕裘 p37
肆無忌憚 p38
禮尚往來 p39
瑕不掩瑜 p40
美輪美奐 p41
擇善固執 p42
節哀順變 p43
本末倒置 p44
❹周易
觸類旁通 p45
不速之客 p46
物以類聚 p47
匪夷所思 p48
見仁見智 p49
殊途同歸 p50
群龍無首 p51
否極泰來 p52
洗心革面 p53
❺詩經
涇渭分明 p54
如履薄冰 p55
哀鴻遍野 p56
進退維谷 p57
耳提面命 p58
鳩占鵲巢 p59
未雨綢繆 p60
遇人不淑 p61
夙夜匪懈 p62
❻尚書
無稽之談 p63
暴殄天物 p64
尸位素餐 p65
惡貫滿盈 p66
愛屋及烏 p67
功虧一簣 p68
巧言令色 p69
玉石俱焚 p70
有條不紊 p71
❼左傳
名列前茅 p72
退避三舍 p73
甚囂塵上 p74
天經地義 p75
痛心疾首 p76
良禽擇木 p77
同仇敵愾 p78
食言而肥 p79
欲蓋彌彰 p80

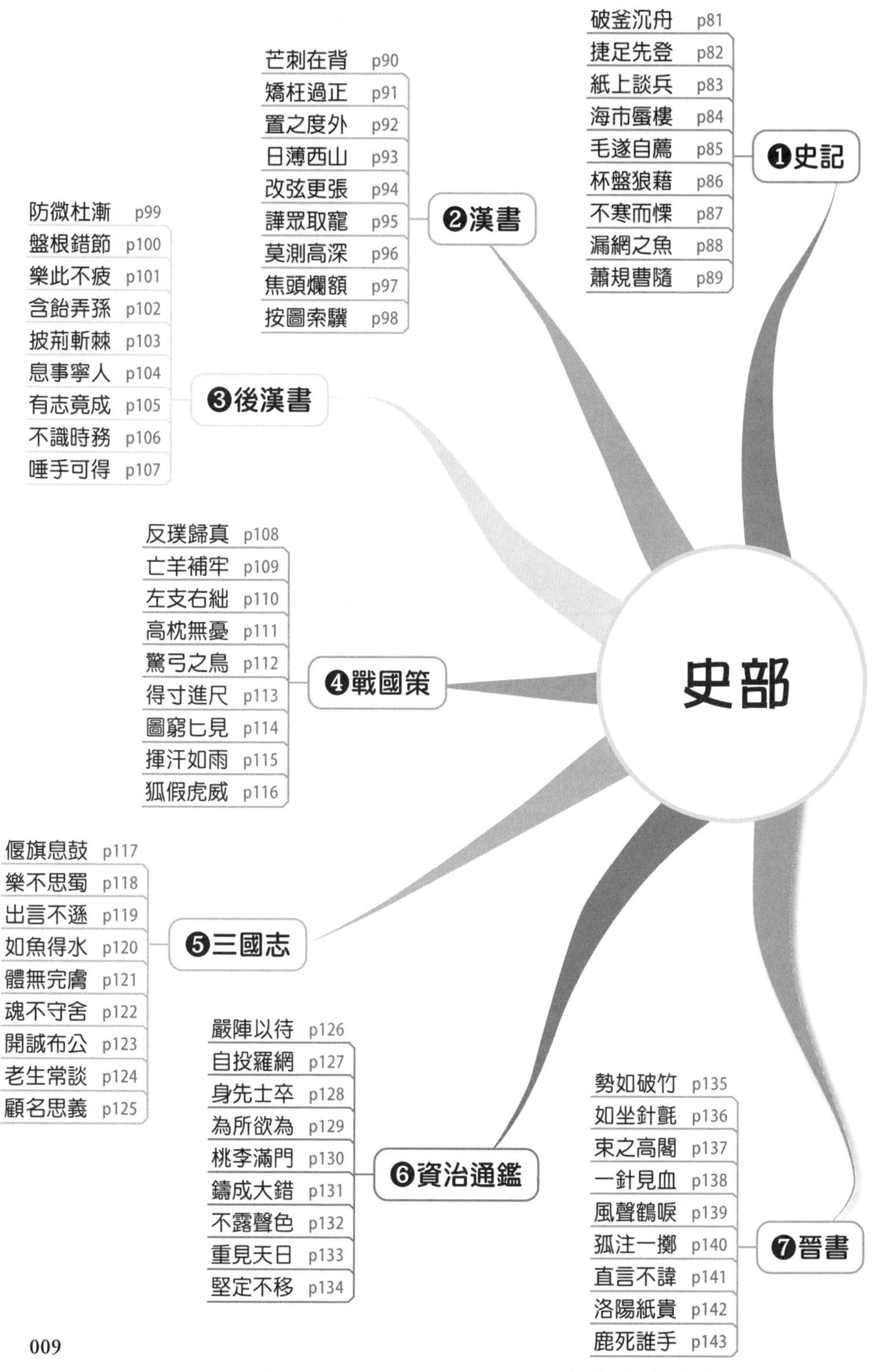
史部
❶史記
破釜沉舟 p81
捷足先登 p82
紙上談兵 p83
海市蜃樓 p84
毛遂自薦 p85
杯盤狼藉 p86
不寒而慄 p87
漏網之魚 p88
蕭規曹隨 p89
❷漢書
芒刺在背 p90
矯枉過正 p91
置之度外 p92
日薄西山 p93
改弦更張 p94
譁眾取寵 p95
莫測高深 p96
焦頭爛額 p97
按圖索驥 p98
❸後漢書
防微杜漸 p99
盤根錯節 p100
樂此不疲 p101
含飴弄孫 p102
披荊斬棘 p103
息事寧人 p104
有志竟成 p105
不識時務 p106
唾手可得 p107
❹戰國策
反璞歸真 p108
亡羊補牢 p109
左支右絀 p110
高枕無憂 p111
驚弓之鳥 p112
得寸進尺 p113
圖窮匕見 p114
揮汗如雨 p115
狐假虎威 p116
❺三國志
偃旗息鼓 p117
樂不思蜀 p118
出言不遜 p119
如魚得水 p120
體無完膚 p121
魂不守舍 p122
開誠布公 p123
老生常談 p124
顧名思義 p125
❻資治通鑑
嚴陣以待 p126
自投羅網 p127
身先士卒 p128
為所欲為 p129
桃李滿門 p130
鑄成大錯 p131
不露聲色 p132
重見天日 p133
堅定不移 p134
❼晉書
勢如破竹 p135
如坐針氈 p136
束之高閣 p137
一針見血 p138
風聲鶴唳 p139
孤注一擲 p140
直言不諱 p141
洛陽紙貴 p142
鹿死誰手 p143

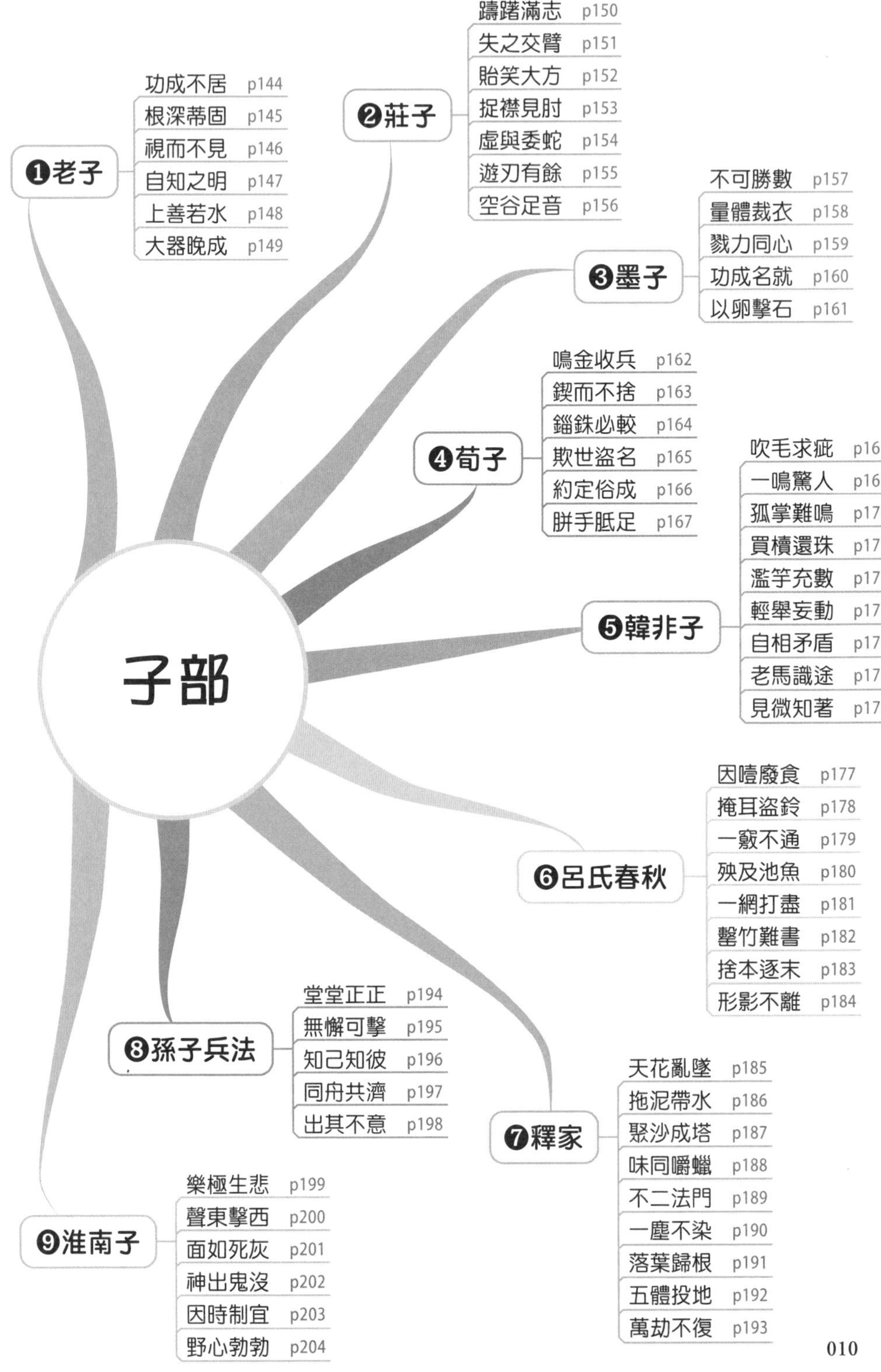
子部
❶老子
功成不居 p144
根深蒂固 p145
視而不見 p146
自知之明 p147
上善若水 p148
大器晚成 p149
❷莊子
躊躇滿志 p150
失之交臂 p151
貽笑大方 p152
捉襟見肘 p153
虛與委蛇 p154
遊刃有餘 p155
空谷足音 p156
❸墨子
不可勝數 p157
量體裁衣 p158
戮力同心 p159
功成名就 p160
以卵擊石 p161
❹荀子
鳴金收兵 p162
鍥而不捨 p163
錙銖必較 p164
欺世盜名 p165
約定俗成 p166
胼手胝足 p167
❺韓非子
吹毛求疵 p168
一鳴驚人 p169
孤掌難鳴 p170
買櫝還珠 p171
濫竽充數 p172
輕舉妄動 p173
自相矛盾 p174
老馬識途 p175
見微知著 p176
❻呂氏春秋
因噎廢食 p177
掩耳盜鈴 p178
一竅不通 p179
殃及池魚 p180
一網打盡 p181
罄竹難書 p182
捨本逐末 p183
形影不離 p184
❼釋家
天花亂墜 p185
拖泥帶水 p186
聚沙成塔 p187
味同嚼蠟 p188
不二法門 p189
一塵不染 p190
落葉歸根 p191
五體投地 p192
萬劫不復 p193
❽孫子兵法
堂堂正正 p194
無懈可擊 p195
知己知彼 p196
同舟共濟 p197
出其不意 p198
❾淮南子
樂極生悲 p199
聲東擊西 p200
面如死灰 p201
神出鬼沒 p202
因時制宜 p203
野心勃勃 p204

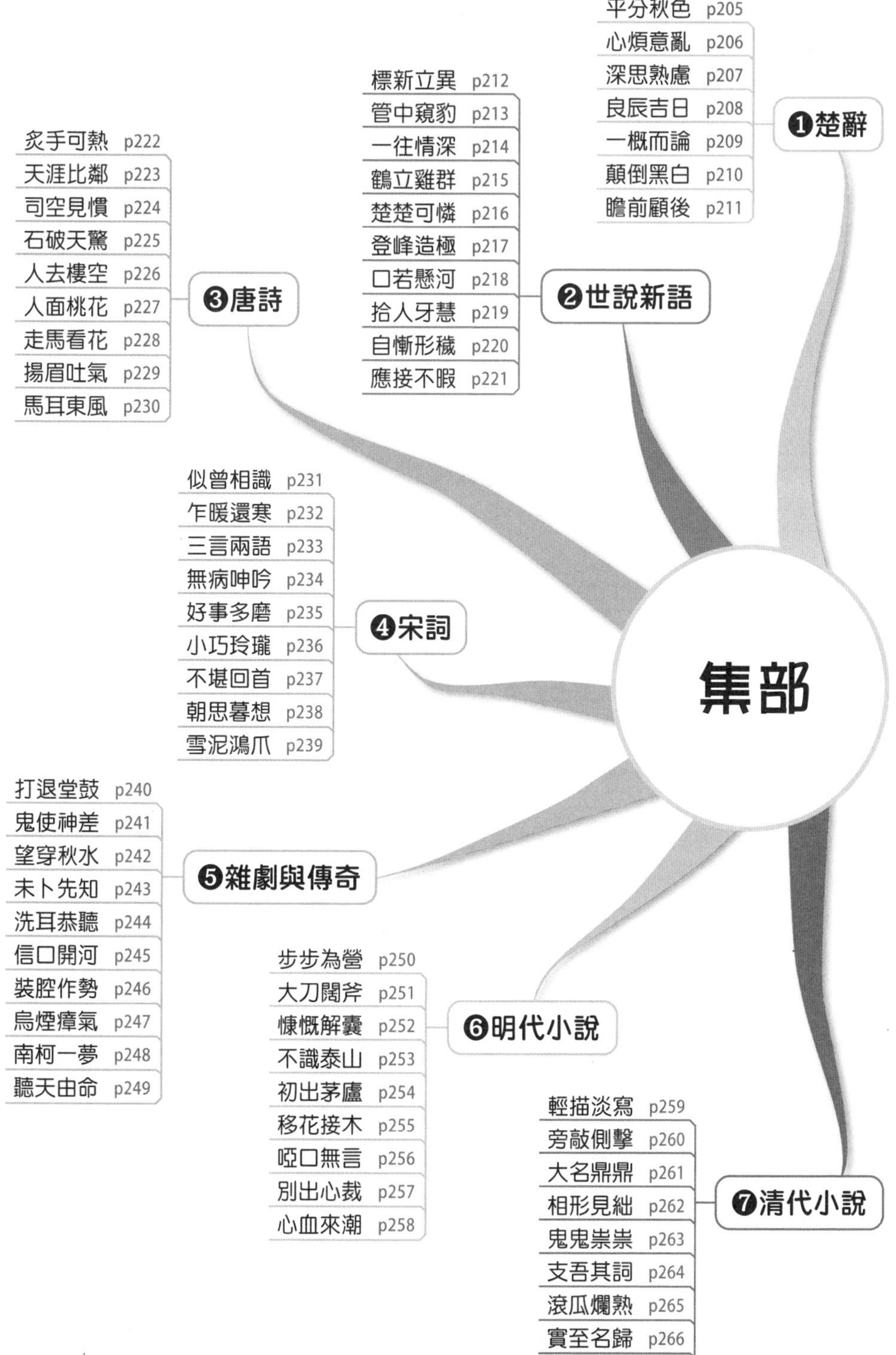
集部
❶楚辭
平分秋色 p205
心煩意亂 p206
深思熟慮 p207
良辰吉日 p208
一概而論 p209
顛倒黑白 p210
瞻前顧後 p211
❷世說新語
標新立異 p212
管中窺豹 p213
一往情深 p214
鶴立雞群 p215
楚楚可憐 p216
登峰造極 p217
口若懸河 p218
拾人牙慧 p219
自慚形穢 p220
應接不暇 p221
❸唐詩
炙手可熱 p222
天涯比鄰 p223
司空見慣 p224
石破天驚 p225
人去樓空 p226
人面桃花 p227
走馬看花 p228
揚眉吐氣 p229
馬耳東風 p230
❹宋詞
似曾相識 p231
乍暖還寒 p232
三言兩語 p233
無病呻吟 p234
好事多磨 p235
小巧玲瓏 p236
不堪回首 p237
朝思暮想 p238
雪泥鴻爪 p239
❺雜劇與傳奇
打退堂鼓 p240
鬼使神差 p241
望穿秋水 p242
未卜先知 p243
洗耳恭聽 p244
信口開河 p245
裝腔作勢 p246
烏煙瘴氣 p247
南柯一夢 p248
聽天由命 p249
❻明代小說
步步為營 p250
大刀闊斧 p251
慷慨解囊 p252
不識泰山 p253
初出茅廬 p254
移花接木 p255
啞口無言 p256
別出心裁 p257
心血來潮 p258
❼清代小說
輕描淡寫 p259
旁敲側擊 p260
大名鼎鼎 p261
相形見絀 p262
鬼鬼祟祟 p263
支吾其詞 p264
滾瓜爛熟 p265
實至名歸 p266
略勝一籌 p267

如何閱讀本書？

應用類型漫畫，以生活情境表述，套用在現實中，馬上應用。

解釋該頁成語意思。

心智圖分類，以經史子集出發，進而細項分類。本書非以清代《四庫全書》作依據，因此有列入白話章回小說、戲曲作為參考分類。

經部／⑦左傳

名列前茅

釋義

用來比喻成績優異，名次排在前面。

出處

《左傳．宣公十二年》：「蔿敖為宰，擇楚國之令典，軍行，右轅，左追蓐，前茅慮無，中權，後勁。」

造句

她從小到大的成績總是名列前茅，是大家眼中的資優生。

近義詞
反義詞

首屈一指、獨占鰲頭

榜上無名、名落孫山

每頁搭配造句，幫助讀者理解使用方法。

該成語的近義詞、反義詞，幫助聯想更多的成語。

生難字加注音，讀字不卡關。

她是誰，以前沒看過？
她剛從國外回來，不過中文很好呢！

不但如此，她這幾次考試都名列前茅。

哇，從今天開始就是我的女神了！
這傢伙……

春秋時期，鄭楚兩國交戰，晉國大將荀林父前往援助鄭國，還沒到黃河邊，鄭國就投降了。這是因為楚軍紀律分明，前方部隊一旦偵察到敵方位置，就會以茅草作為識別標誌通知後方。後演變為成語「名列前茅」。

該成語的由來出處。由於成語出處眾多，故舉最早的典源或書證，而 表示搭配的四格漫畫描繪以此來源。

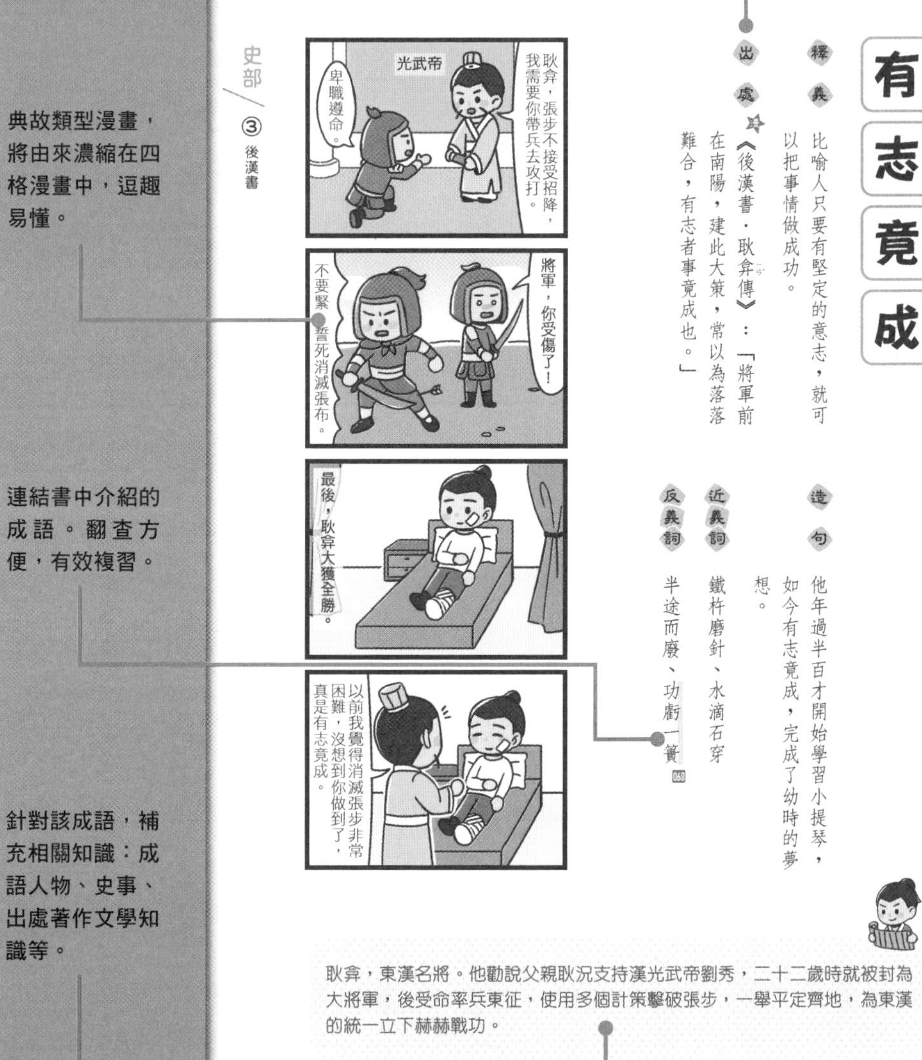

典故類型漫畫，將由來濃縮在四格漫畫中，逗趣易懂。
連結書中介紹的成語。翻查方便，有效複習。
針對該成語，補充相關知識：成語人物、史事、出處著作文學知識等。
史部
③
後漢書
光武帝
耿弇，張步不接受招降，我需要你帶兵去攻打。
卑職遵命。
將軍，你受傷了！
不要緊，誓死消滅張布。
最後，耿弇大獲全勝。
以前我覺得消滅張步非常困難，沒想到你做到了，真是有志竟成。
有志竟成
釋義　比喻人只要有堅定的意志，就可以把事情做成功。
出處　《後漢書．耿弇傳》：「將軍前在南陽，建此大策，常以為落落難合，有志者事竟成也。」
造句　他年過半百才開始學習小提琴，如今有志竟成，完成了幼時的夢想。
近義詞　鐵杵磨針、水滴石穿
反義詞　半途而廢、功虧一簣 069
耿弇，東漢名將。他勸說父親耿況支持漢光武帝劉秀，二十二歲時就被封為大將軍，後受命率兵東征，使用多個計策擊破張步，一舉平定齊地，為東漢的統一立下赫赫戰功。

匡！
咻
圖書室
我又回來了！
閃亮
登場
唉唷……是什麼東西？
緩緩
爬起
這些書好舊，好多灰塵喔……
你是誰啊？
我是來學習成語的，為什麼你要看這些書呢？
這些都是古代的典籍，很多成語都來自這些書。

那該怎麼找出來呢？
呃……這個嘛……
可以用經史子集來找看看喔！
突然
冒出

那是什麼？

這是古代文人將圖書分類的方法。到了清朝乾隆年間，編纂分類的更細緻，也就是四庫全書。

不過我們今天就不說到這麼細了，讓你們先有分類概念。

子

子部：收錄古代各類學者的著作。像是老子、莊子、墨子、荀子、孫子等等。

經

經部：這一類收錄歷來被奉為經典的著作，包含四書、五經、十三經在內，還有相關的註疏本。

集

集部：專門收錄文學創作及文學理論或文學批評之類的典籍。如楚辭、世說新語、詩詞曲賦。

史

史部：收錄各種具史料價值的書籍。如史記、漢書、資治通鑑、二十四史等。

這之中也會有容易混淆的。像是詩經，照屬性來說應該是文學，但因為孔子以詩經來教導學生，所以提高了它的地位。春秋和左傳也是特例喔！所謂史地不分家，所以地理遊記是納入「史部」，山水遊記則還是歸在「集部」。而白話章回小說、戲曲沒有收入在清朝編纂的四庫全書中，不過我們依然可以試著分類這些書籍喔！
原來如此！
那麼，你們就先開始學習怎麼分類吧！
我們來比賽！
我可是不會輸的！
嘿嘿

開始囉！

文過飾非

釋義 文：讀作ㄨㄣˋ，掩飾。形容掩飾過失、錯誤。

出處 「文過」出自《論語・子張》子夏曰：「小人之過也必文。」；「飾非」出自《莊子・盜跖》柳下季曰：「辯足以飾非。」

造句 做錯事情，就要勇於承認錯誤，若是文過飾非，可能會造成更大的後果。

近義詞 掩人耳目、欲蓋彌彰 080

反義詞 知過必改、洗心革面 053

柳下季
孔子
為人父兄，應該要教導自己的孩子、手足走向正途……
你是個有才德的人，但是弟弟盜跖卻是個壞蛋。這樣不行，我去幫你勸勸他。
他不肯聽的，即使像先生如此能言善道，也勸服不了。
況且他口齒伶俐、文過飾非，先生您必定說不過他，還是別去了。

「柳下惠坐懷不亂」之典故，所指的人便是柳下季，「柳下」是他的食邑，「惠」是諡號。傳說他曾經夜宿城門，遇到一位來不及進城的女子，他擔心女子因此受凍，便讓她坐在自己懷中保暖，整夜都沒有不規矩的舉動。

溫故知新

釋義 溫：複習。溫習學過的知識，還得到了新的理解與道理。

出處 《論語．為政》子曰：「溫故而知新，可以為師矣。」

造句 上課時認真聽講，下課時反覆的熟讀，才能達到溫故知新的效果。

近義詞 數往知來

反義詞 抱殘守缺、食而不化

月考排名
第一名 李小明
小明這次又考了全年級第一，大家可以向小明請教學習方法！

小明你是怎麼讀書的啊？

其實就是多複習，達到了溫故知新的效果，才能學得深刻。

〈為政〉篇共有二十四章，主要講述了孔子治國的道理和方法。其中最有名的一句，子曰：「吾十有五而志於學，三十而立，四十而不惑，五十而知天命，六十而耳順，七十而從心所欲，不踰矩。」便出自於此篇。

色厲內荏

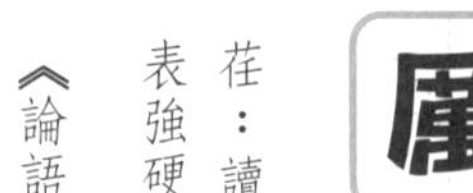

釋義 荏：讀作ㄖㄣˇ，軟弱。形容人外表強硬，實際上內心卻很懦弱。

出處 《論語．陽貨》子曰：「色厲而內荏，譬諸小人，其猶穿窬ㄩˊ之盜也與！」

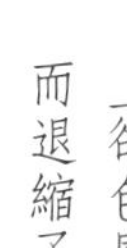

造句 別看他那副有把握的樣子，實際上卻色厲內荏，到了緊要關頭反而退縮了。

近義詞 表裡不一、虛有其表

反義詞 名符其實、外圓內方

這個項目對我們公司非常重要，所以要……
若是這個條件的話，社長不會答應的。
聽我的，我來擔！
這是誰提出的企劃，根本不可行！
不是我。
哼，根本就是個色厲內荏的傢伙。根本不敢擔責任！

〈陽貨〉篇中，孔子形容有些人的外表，顯得威風、嚴厲，但實際上卻是很懦弱。還說：「若是拿小人來作比喻的話，那樣的人就像是翻牆到別人家中的小偷一樣。」後來演變為成語「色厲內荏」。

因材施教

釋義 施教者依據不同資質、能力的人，給予不同的教育。

出處 《論語・為政》：子游問孝、子夏問孝。

造句 她的教育理念不是一味的追求成績，而是注重孩子的特性來因材施教。

近義詞 對症下藥、因性施教

反義詞 一概而論 209、以偏概全

孔子
老師，怎樣是對父母盡孝？
子游

如果只是贍養父母，那麼跟養小狗跟馬是一樣的，要做到敬重父母。

孔子
老師，怎樣是對父母盡孝？
子夏

若能做到和顏悅色，讓父母開心才好。
孔子教人，因材施教。

孔子了解學生的個性和優缺點，因此在教學上會根據受教者，給予不同的教導。如，子游對父母不夠用心、子夏對父母沒有好臉色，孔子便會根據情況給予各別教導。

侃侃而談

釋義 侃：讀作ㄎㄢˇ。形容說話從容不迫的樣子。

出處 《論語．鄉黨》：「朝，與下大夫言，侃侃如也。」

造句 他平常沉默寡言，沒想到在眾人面前提報企劃時，卻是侃侃而談，落落大方的樣子。

近義詞 娓娓道來、滔滔不絕

反義詞 結結巴巴、張口結舌

每組都需要推派一個人上台報告。

老師，我們要選他當代表。

看不出來啊，他竟然侃侃而談，一點也不怯場。

〈鄉黨〉篇記載了孔子問政的情形。描述孔子面對下級，顯得從容不迫；而面對上級和悅直言；若是面對國君就保持恭敬而安和的態度。說明了孔子能夠視對象來表現出合適的言行舉止。

見賢思齊

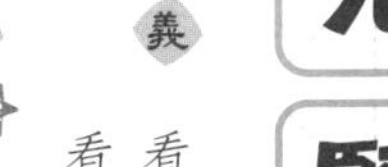

釋義 看見德才兼備的人就應該要向他看齊。

出處 《論語・里仁》：「見賢思齊焉，見不賢而內自省也。」

造句 他看見本事厲害的人，不但不嫉妒，反而見賢思齊，更加的要求自己。

近義詞 見德思齊、擇善而從

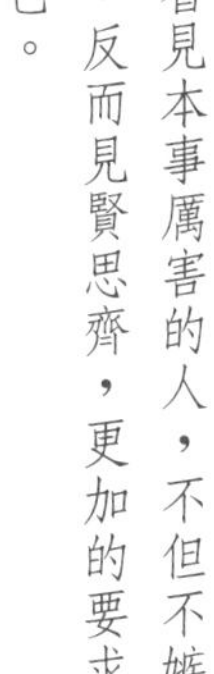

反義詞 不思進取、安於一隅

學生們，若是遇到了賢德的人……

我們就應該把他當作榜樣來學習。

反之，若是遇到不好的人，自己就要反省有沒有犯下同樣錯誤。

見賢思齊焉，見不賢而內自省。
是，多謝老師教導。

成語「見賢思齊」來自於孔子向學生點明如何修身的道理，見到有才德的人，就應該向他學習；見到沒有才德的人，內心就應該自我反省，惟恐自己也有同樣的毛病。

當仁不讓

釋義 遇到對的事情就應該積極去做，不要推讓。

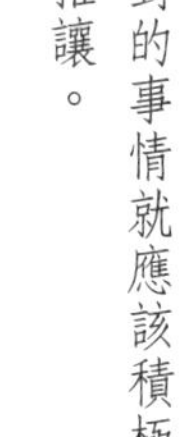

出處 《論語・衛靈公》子曰：「當仁不讓於師。」

造句 既然我被大家推舉為總召，那麼我就當仁不讓了。

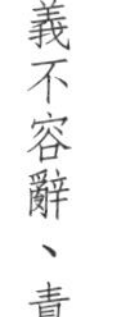
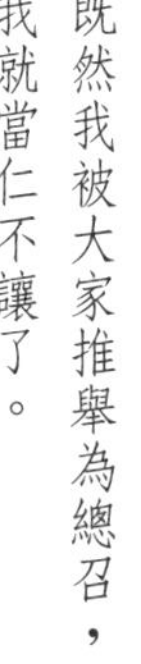

近義詞 義不容辭、責無旁貸

反義詞 推三阻四、臨陣脫逃

公司想投身環保活動，現在需要推派一位總召。

有沒有人想當呢？

!?
那有沒有推薦的人？

既然大家推派我，我就當仁不讓了！

「當仁不讓於師」，孔子認為遇到有關仁義的事，就要去做，即使面對的是自己的老師，也不必謙讓。將仁的力量發揮到極致，就可以達成「大同世界」。所以「當仁」的事情「不必謙讓」，而是要爭先去做。

患得患失

釋義 沒有得到以前就擔心著，而得到以後又怕失去，用以形容得失心很重。

出處 《論語．陽貨》子曰：「鄙夫可與事君也與哉？其未得之也，患得之；既得之，患失之。苟患失之，無所不至矣。」

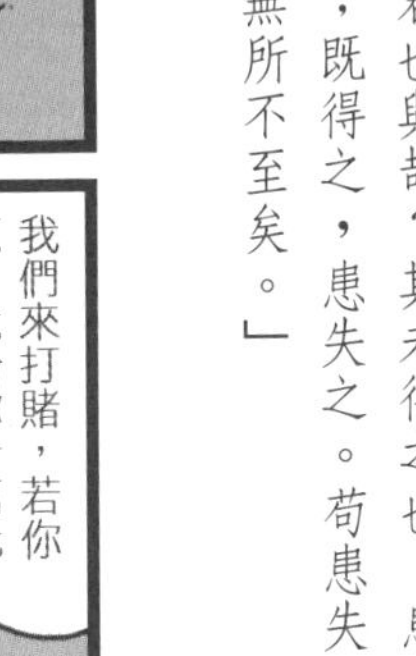

造句 明天就要決賽了，就以平常心面對，患得患失反而容易表現失常。

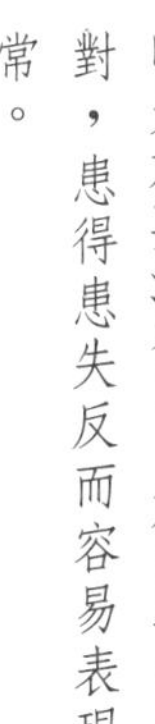

近義詞 瞻前顧後 211 、疑神疑鬼

反義詞 寵辱不驚、公而忘私

好厲害啊！

10
我們來打賭，若你贏了就給你十萬元。

剛剛明明就很厲害啊。
因為高額獎金，反而患得患失，失了平常心。

孔子形容小人時，有這麼一段話：「小人只注重名利，沒得到前害怕得不到，得到了又擔心會失去。如果擔心到手的名利失去的話，為了保有既得利益，而無所不用其極。」演變為成語「患得患失」。

推己及人

釋義

能夠站在別人的角度設想，為他人著想。

出處

《論語·衛靈公》：「己所不欲，勿施于人」朱熹集注：「推己及物。」

造句

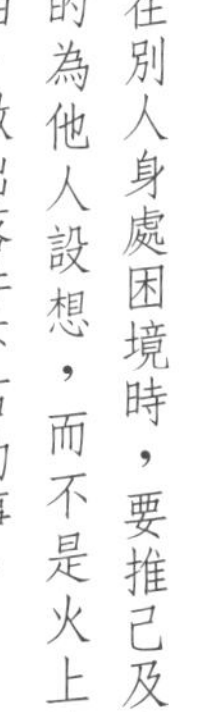

在別人身處困境時，要推己及人的為他人設想，而不是火上澆油，做出落井下石的事。

近義詞

設身處地、將心比心

反義詞

自私自利、諉過於人

這櫻花好漂亮啊，折幾枝來拍照。
我們等等也多折幾枝帶回家。

你們攀折櫻花，那麼之後的人就看不到，也影響到園主。將心比心，推己及人啊！

對不起……

孔子說：「己所不欲，勿施於人。」而後人更進一步將孔子的思想擴大，認為更要將心比心、為他人著想。例如，自己不願遭受飢寒，也幫助別人不會遭受飢寒。後來演變為成語「推己及人」。

春風化雨

釋義 指適合草木生長的風雨，後用來比喻師長和藹親切的教導。亦作「化雨春風」。

出處 「化雨」出自《孟子．盡心上》孟子曰：「君子之所以教者五：有如時雨化之者。」「春風」出自漢．劉向《說苑．卷五．貴德》管仲上車曰：「吾不能以春風風人，吾不能以夏雨雨人。」

造句 陳老師一生致力於教育，春風化雨數十載，桃李滿天下。

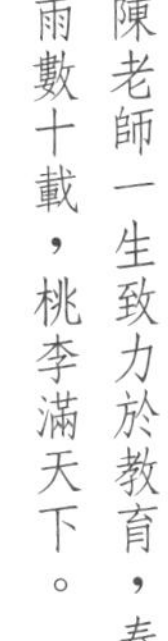

近義詞 循循善誘、諄諄教導

反義詞 誤人子弟

好喜歡王老師，對我們說話總是和顏悅色。

而且教學有趣，不強迫我們死記硬背。

春風化雨指的就是王老師這樣的教導。

可惜老師就要退休了。

「春風化雨」由「春風」及「化雨」組合而成。前者為管仲感嘆：「如果我不能像春風給人恩澤，也不能像夏雨般及時惠澤人民，必定會失敗。」「化雨」則是寫君子有種教人的方法，像及時雨一樣及時的教化。

左右逢源

釋義 左右兩邊都能夠得到水源，原比喻做學問有成，後也比喻做事得心應手，非常順利。

出處 《孟子．離婁下》：「資之深，則取之左右逢其原。」

造句 他處事圓滑，說話得體，做起生意來，自然就左右逢源。

近義詞 得心應手、應付自如

反義詞 左支右絀 110、捉襟見肘 153

孟子
老師，怎麼樣才能學到高深的學問呢？
不僅方法、態度要好，還要用心體會。
心有所得的話，學問才會穩固，應用起來左右逢源，得心應手。
謝謝老師的教誨，弟子明白了。

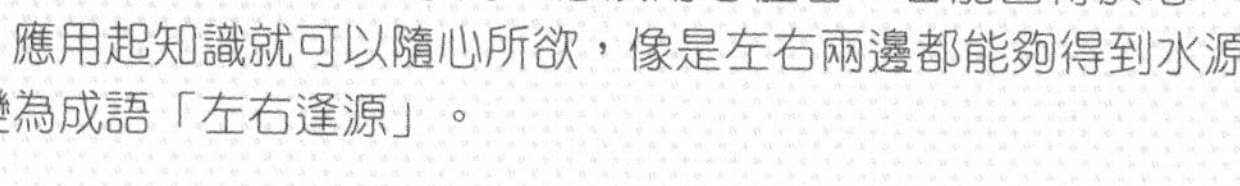

孟子認為要追求深入的學問，必須用心體會。若能自得於心，所學才能深固，應用起知識就可以隨心所欲，像是左右兩邊都能夠得到水源一般。後來演變為成語「左右逢源」。

同流合汙

釋義 原指隨世浮沉，後用以比喻跟著壞人一起做壞事。

出處 《孟子‧盡心下》：「同乎流俗，合乎汙世。」

造句 他發現同事挪用公款，不僅沒有舉發，反而跟著同流合汙，最後一起移送法辦。

近義詞 沆瀣一氣、狼狽為奸

反義詞 明哲保身、潔身自愛

你這是在電話詐騙嗎？

別這麼說，對方都是心甘情願給錢的，要不要加入？

我絕對不要同流合汙，勸你最好去自首！

唉，早勸他不要做這種事情了。

孟子教導萬章時，說到孔子非常討厭「鄉愿」，也就是外貌忠厚老實，善於討人喜歡的人。萬章不懂。孟子便解釋鄉愿並非完全沒缺點，而是同乎流俗、善於偽裝，討好別人。後來演變為成語「同流合汙」。

赤子之心

釋義 赤子：嬰兒。用以比喻純真、善良的心。

出處 《孟子．離婁下》孟子曰：「大人者，不失其赤子之心者也。」

造句 在這樣險惡的官場之中，她卻仍保有赤子之心，實在難能可貴。

近義詞 天真無邪、天真爛漫

反義詞 蛇蠍心腸、狼心狗肺

TOYS

Alex這次又出了新商品，好期待啊！

他總是能設計出別出心裁的模型，看了都忍不住想買。

因為他保有赤子之心，所以才能夠持續創做出童趣的作品。

從〈離婁〉這章開始，屬於《孟子》的下半部。說到了做人做事的規範等。孟子曾說過：「一個品德修養良好的人，不會失去他還是嬰兒時的那份純真、善良之心。」後來演變為成語「赤子之心」。

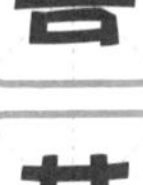

獨善其身

釋義　原意是只顧得上修養自身。後比喻只顧自己，不管別人。

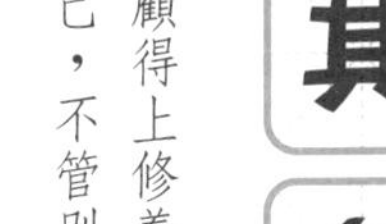

出處　《孟子・盡心上》：「窮則獨善其身，達則兼善天下。」

造句　面對席捲全球的危機，任何國家都沒有辦法獨善其身，需要團結起來面對難關。

近義詞　明哲保身、裝聾作啞

反義詞　捨己為人、見義勇為

陳總，拜託您幫這個忙。
沒辦法，這個忙我幫不了。

林董，拜託您幫這個忙。
幫不了，找別人吧。

我、我……
你從前幫過我，現在換我幫忙。

真是太謝謝你了，大家都獨善其身，唯有你雪中送炭。

「窮則獨善其身，達則兼善天下。」為孟子勉勵之語。原意為遇到人生不如意的時候，只要做好自身的修養；而到了如意的時候，就應該多做對天下有益的事情。

出爾反爾

釋義

怎麼對待別人，別人也會怎麼待你。後比喻言行前後反覆，說話不算數。

出處

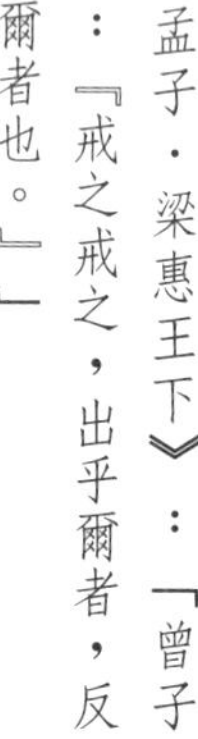

《孟子．梁惠王下》：「曾子曰：『戒之戒之，出乎爾者，反乎爾者也。』」

造句

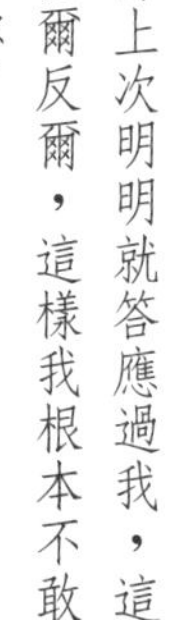

你上次明明就答應過我，這次又出爾反爾，這樣我根本不敢再相信你了。

近義詞

反覆無常、朝三暮四

反義詞

一諾千金、說一不二

陳總，那麼我們就照這個模式做？
沒問題，合作愉快。

上次那個合作案，我想了想，還是交給別家公司好了。

做生意要講求誠信，你卻出爾反爾。

就這樣。
實在太過分了！

春秋時代，鄒魯兩國爭戰，鄒國人民皆不願為國家效死，讓鄒穆公非常的生氣。孟子便引用曾子說的「出爾反爾」來回應這件事：「您如何對待人民，人民也會同樣的回報。」

緣木求魚

釋義 爬到樹上去找魚。表示辦法錯誤，不可能達到目的。

出處 《孟子．梁惠王上》：「以若所為，求若所欲，猶緣木而求魚也。」

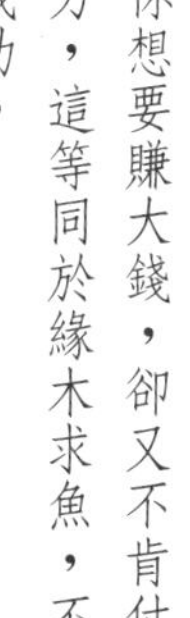

造句 你想要賺大錢，卻又不肯付出努力，這等同於緣木求魚，不可能成功。

近義詞 刻舟求劍、海底撈針

反義詞 探囊取物、甕中捉鱉

齊宣王欲效法齊桓公與晉文公成就霸業。
孟子
齊宣王
先生，要如何才能稱霸天下呢？

大王想要開疆拓土，就如同緣木求魚，必定有災禍在後頭。

!!
竟如此嚴重？

大王要從根本著手。實行仁政的話，所有的人都會慕名而來。
仁政

戰國時的齊宣王，向孟子請教有關春秋齊桓公與晉文公的事蹟，希望能仿效來成就霸業。孟子則說要以仁德統治天下。如果不從仁德開始，就想讓其他諸侯歸順，正如同爬到樹上去抓魚，是不可能達成的。後來演變為成語「緣木求魚」。

杯水車薪

釋義

想用一杯水去撲滅一車木柴所燃起的火。比喻力量太小，根本無濟於事。

出處

《孟子．告子上》孟子曰：「仁之勝不仁也，猶水之勝火。今之為仁者，猶以一杯水救一車薪之火也。」

造句

這裡已經好久沒下雨了，如今這場雷陣雨只是杯水車薪，稍稍解渴。

近義詞

於事無補、無濟於事

反義詞

不無小補、大有助益

失火啦，失火啦！
天啊！是我的車燒起來了。
杯水車薪如何能撲滅大火，還不快去拿滅火器！

孟子曾說：「仁的力量很大，可以像水滅火一樣去消滅不仁的事。但是若沒有全心全意去做的話，如同拿一杯水去滅掉一車子柴薪所燒起來的火，怎麼可能辦得到？」後來演變為成語「杯水車薪」。

茅塞頓開

釋義　形容思想忽然開竅，立刻明白了某個道理。

出處　《孟子・盡心下》：「山徑之蹊間，介然用之而成路；為間不用，則茅塞之矣。」

造句　這件事困擾我許久，今天聽你這番話，這才茅塞頓開，了解自己的心之所向。

近義詞　恍然大悟、豁然開朗

反義詞　大惑不解、茫然不解

不行，我想不出來……

怎麼了，看妳很苦惱的樣子？
我要寫新書，但完全沒有靈感。

與其坐在這裡煩惱，何不出門走走，換個心情呢！

聽你這麼說，我突然有一種茅塞頓開的感覺，不該陷在自己的世界裡面等著靈感上門。

高子是孟子的學生，他學習沒有恆心。孟子便告訴高子：「如果人可以不畏山路崎嶇，披荊斬棘，那麼就能走出一條大道。但如果經常不走，那麼會如同被叢生的茅草塞住的小徑。」高子頓時了解道理，如同茅塞頓開。

孤陋寡聞

釋義 寡，少。形容學識淺薄，見聞不廣泛。

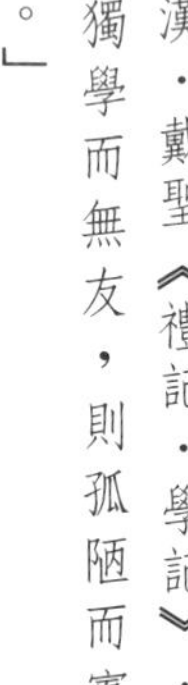

出處 西漢．戴聖《禮記．學記》：「獨學而無友，則孤陋而寡聞。」

造句 若是自滿於所學，不願意接收新知，終究會變成孤陋寡聞的人。

近義詞 才疏學淺、目光如豆

反義詞 滿腹經綸(ㄌㄨㄣˊ)、博學多才

我最近看了一本書……
我也有看。那本書真的是經典之作，難怪獲選為文學獎作品。
你也看了嗎？很想知道你對這本書的看法。
真不好意思，我孤陋寡聞，沒有聽說這本書。

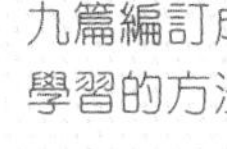

《禮記》為十三經之一，是孔子弟子及其後學所記。西漢戴聖從中選取四十九篇編訂成書，世稱「小戴禮記」，為現今通行的版本。〈學記〉篇敘述了學習的方法，以及教學為師的道理。

克紹箕裘

釋義 箕：讀作ㄐㄧ，畚箕。裘，皮襖。比喻後人能夠繼承父祖的事業，而不至於中斷。

出處 《禮記・學記》：「良冶之子必學為裘，良弓之子必學為箕。」

造句 為了將這門家傳手藝傳承下去，他辭去工作，決定克紹箕裘，回家學藝。

近義詞 克家令子、繼志述事

反義詞 後繼無人、人才零落

兒啊，在鑄冶鐵器前，你得先學會縫合袍裘、獸皮。

同樣是修補的技藝，練習縫合，對往後有益。
孩兒明白。

兒子啊，在學製弓之前要練習編製畚箕。

孩兒明白。
循序漸進，克紹箕裘。

古時候鐵匠的兒子，要先學習縫合袍裘、獸皮，做為日後學習冶鐵的基礎；而一個製造弓箭的能手，他的兒子要先學習用竹子、柳條來編製畚箕，為學習造弓奠下根基。後來演變為成語「克紹箕裘」。

肆無忌憚

釋義

憚：讀作ㄉㄢˋ。非常放肆，毫無顧忌的樣子。

出處

《禮記．中庸》：「小人之（反）中庸也，小人而無忌憚也。」

造句

他仗著老闆是親戚，就肆無忌憚的使喚員工，簡直糟糕極了。

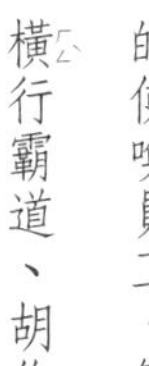

近義詞

橫ㄏㄥˋ行霸道、胡作非為

反義詞

循規蹈ㄉㄠˇ矩、安分守己

這群少年仔哪ㄟ安捏，大白天就這樣。

簡直肆無忌憚、無法無天！

你們再說一次！

來，跟我回警局！

〈中庸〉篇，孔子說君子有德行，經常奉行中庸之道，行事不偏不倚ㄧˇ，不會太過；然而小人卻是相反，總是毫無顧忌的任性妄為。後來演變為成語「肆無忌憚」。

禮尚往來

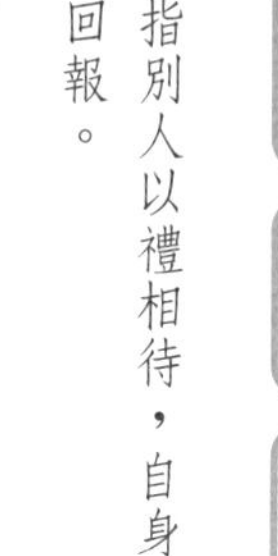

釋義 指別人以禮相待，自身也要以禮回報。

出處 《禮記．曲禮上》：「禮尚往來。往而不來，非禮也；來而不往，亦非禮也。」

造句 他逢年過節都會登門拜訪，還會精心送上禮物，禮尚往來，我們也要好好準備回禮。

近義詞 投桃報李、互通有無

反義詞 水火不容、壁壘分明

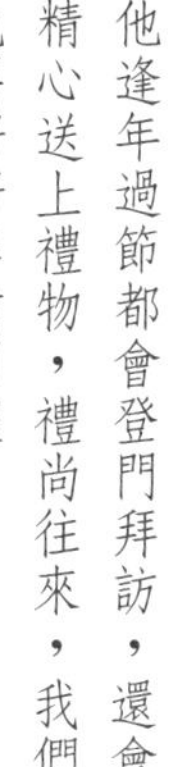

春秋時，孔子在家開壇講學。

我是季府的家臣，名為陽虎，想求見先生。
先生不在。

先生，陽虎留下一份禮。

既然這樣，禮尚往來，我也得回訪走一趟。

陽虎，春秋後期魯國人，季孫氏的家臣。沒有雄厚家底與政治背景，卻通過控制季孫氏把持了魯國的朝政。後來，在和魯國三桓的鬥爭中失敗，逃往齊國後又遭到迫害，最後輾轉逃到晉國，輔佐趙鞅（趙鞅相關故事可見P75）。

瑕不掩瑜

釋義

瑕：讀作ㄒㄧㄚˊ，玉的斑點。瑜，玉的光澤。比喻事物雖有缺點，卻無損於整體的優點。

出處

《禮記．聘義》：「瑕不掩瑜，瑜不掩瑕，忠也。」

造句

這個雕塑品雖然比例上有些許的落差，但瑕不掩瑜，整體是很完美的。

近義詞

白璧微瑕、大醇小疵(ㄘ)

反義詞

完美無缺、天衣無縫

糟糕了，這裡不小心沾到。

雖然這裡有點汙漬，但瑕不掩瑜，是副好作品呢！

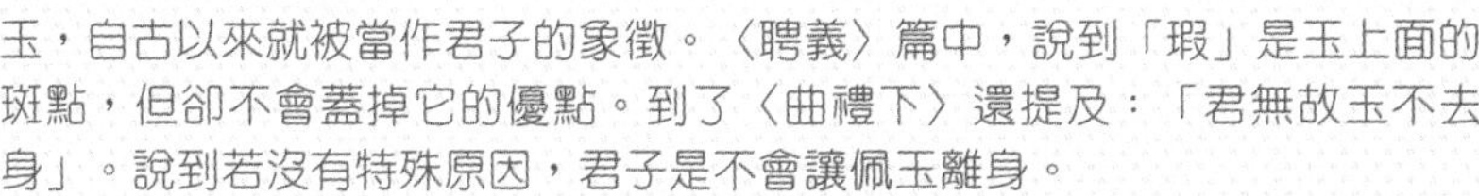

玉，自古以來就被當作君子的象徵。〈聘義〉篇中，說到「瑕」是玉上面的斑點，但卻不會蓋掉它的優點。到了〈曲禮下〉還提及：「君無故玉不去身」。說到若沒有特殊原因，君子是不會讓佩玉離身。

美輪美奐

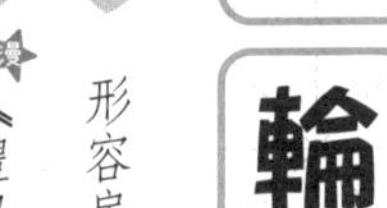
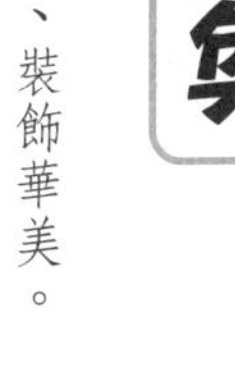

釋義 形容房屋規模高大、裝飾華美。

出處 《禮記・檀弓下》：「晉獻文子成室，晉大夫發焉。張老曰：『美哉輪焉，美哉奐焉。』」

造句 走出庭院後，眼前出現的宮殿雕梁畫棟、美輪美奐，堪稱仙境。

近義詞 富麗堂皇、畫棟雕梁

反義詞 桑樞甕牖(ㄧㄡˇ)、蓬門華戶

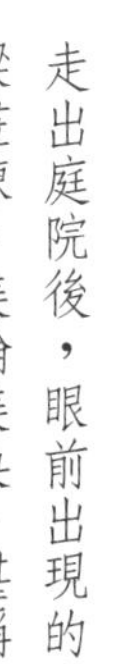

春秋時，晉國有個大夫叫趙武。有一次，他的新屋落成。
趙府

恭喜新居落成。

這棟府邸多麼的美輪美奐啊！

張老這句話好像別有用意，提醒我不可驕奢。

獻文子即是趙武，他是晉國名臣趙衰、趙盾之後。晉國司寇屠岸賈勾結了諸將軍，將趙氏滅亡。只有遺腹子趙武活下來，他後來得到韓闕的幫助，得以報仇雪恨。

擇善固執

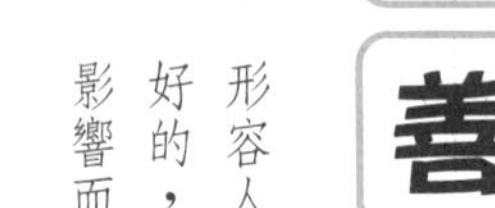

釋義　形容人很有原則，只要認定是最好的，便堅持到底，絕不受他人影響而改變。

出處　《禮記．中庸》：「誠之者，擇善而固執之者也。」

造句　你就不要再勸他了，他的個性擇善固執，既然認定了就會堅持，相信他也會有分寸的。

近義詞　堅持己見、堅定不移 134

反義詞　隨波逐流、見風使舵（ㄉㄨㄛˋ）

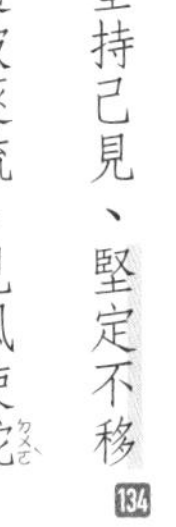

大家都在抄，你幹嘛不要？
我不想作弊。
哼，假清高。
人家這叫做擇善固執！

《禮記》中的〈大學〉、〈中庸〉、〈禮運〉等篇有豐富的哲學思想。宋朝學者特別推崇〈大學〉、〈中庸〉，將它們獨立成書。朱熹還將之重新編訂，分成三十三章，稱為《中庸章句》。

節哀順變

釋義 抑制悲哀、順應變故。用來慰唁死者家屬的話。

出處 《禮記‧檀弓下》：「喪禮，哀戚之至也；節哀，順變也。君子念始之者也。」

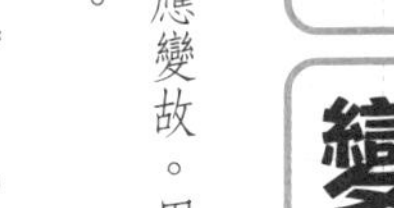

造句 我很遺憾聽到這個消息，人死不能復生，你還是節哀順變吧！

近義詞 逝者已矣、在天之靈

反義詞 欣喜若狂、喜出望外

嫂子，有什麼需要幫忙的儘管說。節哀順變，好好保重。

謝謝你。

〈檀弓〉篇主要記載孔子、孔門弟子以及時人對禮的見解和實踐的具體情事。而喪禮又為儒家所重視的禮節，在此篇可以看見孔子並不是一昧地追求禮節，反而注重喪家內心的哀痛。

本末倒置

釋義 比喻把主次、輕重的位置弄顛倒了，不知輕重緩急。

出處 《禮記．大學》：「物有本末，事有終始，知所先後，則近道矣。」

造句 為了賺錢而不斷的加班，最後把身體搞垮，豈不是本末倒置！

近義詞 捨本逐末、輕重倒置

反義詞 正本溯(ㄙㄨˋ)源、按部就班

這麼晚了還在工作……

我不吃早餐，先去公司了。

老公！

你為了賺錢，卻把身體搞壞，根本是本末倒置。
嗯……

〈大學〉為《禮記》中的一篇，而宋代學者朱熹認為〈大學〉記載了孔子及其門徒的事情，為儒家的入門之書，不僅單獨成書，將內容分章，更把它列為「四書」之首。

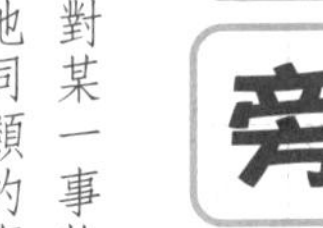

觸類旁通

釋義 指根據對某一事物的了解，就能推知其他同類的事理。

出處 《易經．繫辭上》：「引而伸之，觸類而長之，天下之能事畢矣。」

造句 她在這方面的領悟力很高，只要稍作提示，便能觸類旁通。

近義詞 舉一反三、聞一知十

反義詞 似懂非懂、不知變通

建築的原理就是……
現在請同學們來做做看。

他好厲害，學了原理就能夠舉一反三、觸類旁通。

我覺得這已經是天才級別了。

《易經》又稱《周易》，是中國最古老的古典文獻之一，相傳由伏羲制卦，文王作繫辭，孔子作十翼，共六十四卦。能夠作為依據來預知未來吉凶禍福的卜筮書。從漢代開始被尊奉為「五經」之一。

不速之客

釋義　比喻事先沒有約定，反而意外到來的人。

出處　《易經·需》：「有不速之客三人來，敬之終吉。」

造句　家宴上，突然來了一位不速之客，但主人依舊熱情款待，以禮相待。

近義詞　不招自來、不期而至

反義詞　應邀前來、共襄盛舉

來來來，大家不要客氣。
奇怪，這個時候是誰。
這麼巧，你們正要吃飯啊，我正好當個不速之客了。
沒事，歡迎歡迎。

〈需卦〉是《易經》六十四卦之一。需卦的下卦乾（ㄑㄧㄢˊ）是三個陽爻（ㄧㄠˊ），引申為三人，因此解讀為「有三個不請自來的客人到來，若是敬意相待，那麼最後會吉祥。」後來演變為成語「不速之客」。

物以類聚

釋義 指同類的東西聚在一起。後也比喻壞人彼此勾結在一起。

出處 《易經．繫辭上》：「方以類聚，物以群分，吉凶生矣。」

造句 他們整天湊在一塊就是說別人閒話，真是物以類聚。

近義詞 同流合汙、一丘之貉（ㄏㄜˊ）

反義詞 格格不入、水火不容

現在的女生，穿著上都不注意點，而且我還聽說……

他沒考上大學就宅在家裡。
真是白養了。

這群阿姨實在是……

她們整天都這樣八卦別人，真是物以類聚。

〈繫辭〉可說是《易經》的通論，探討了宇宙運行的根本法則。其中「方以類聚，物以群分，吉凶生矣」一句，意思為同類相聚，各自產生了吉凶。後來演變為成語「物以類聚」。

匪夷所思

釋義　匪：讀作ㄈㄟˇ。形容人的言談行動很古怪，超出尋常。

出處　《易經．渙卦．六四》：「渙有丘，匪夷所思。」

造句　她工作能力很差卻被加薪，真是令人匪夷所思。

近義詞　難以置信、出人意料

反義詞　理所當然、天經地義 075

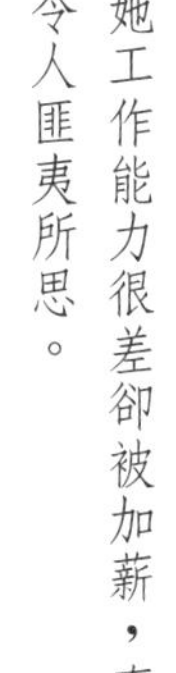

金字塔未解之謎。

聽說進入金字塔的人都發生了離奇的意外。

傳說中是法老王的詛咒。

世界上有許多匪夷所思的超自然現象，到現在都還沒有揭密。

〈渙卦〉是《易經》六十四卦之一。其意為離散，逃離危險。「渙有丘，匪夷所思。」的解釋有很多的分歧。一般解釋為形容人的思想、言談、技藝、事情等離奇狀況，非一般人可以想像的。

見仁見智

釋義 對同一個事情，因為有不同的立場或角度，所以看法各異。

出處 《易經．繫辭上》：「仁者見之謂之仁，智者見之謂之智。」

造句 火星上面到底有沒有生命，大家對此看法見仁見智，難有定論。

近義詞 各有所見、眾口難調

反義詞 不謀而合、所見略同

我認為有外星人，美國的麥田圈就是最好的證明！

才沒有！妳科幻電影看太多了！
就是有！

明明就沒有。
跟你真是講不通啦。

好了好了，每個人對不同的事物本來就見仁見智，別傷了和氣。

〈繫辭上〉解釋了何謂「道」。說到了萬物是由陰陽所構成，繼承它的就是好的，順成它是萬物的天性。有仁德的人見到，就認為是仁；有智慧的人體會到，就認為是智。後來演變為成語「見仁見智」。

殊途同歸

釋義 比喻使用的方法不同，但結果卻相同。

出處 《易經‧繫辭下》：「天下同歸而殊途，一致而百慮。」

造句 每個人的做事方法不一樣，但只要最後的目的達成，就可說是殊途同歸。

近義詞 異曲同工、殊途一致

反義詞 分道揚鑣（ㄅㄧㄠ）、本同末異

這道題可以用這個公式來套用。

還有另外一種解法。

不管用什麼方式解題，最後都是殊途同歸，達到目的。

孔子說：「天下的事物，有什麼可以困擾憂慮？雖然有百種不同的思慮，但天下萬物都是歸於一個好的理想目標，即使採用的方法不同，但得到的結果都是相同的。」後來演變為成語「殊途同歸」。

群龍無首

釋義

一群龍卻沒有首領。後比喻缺乏領導者，無法統一行動。

出處

《易經．乾卦》：「用九，見群龍無首，吉。」

造句

總經理突然病倒了，一時之間公司群龍無首，亂成一團。

近義詞

各自為政、烏合之眾

反義詞

一呼百應、風從響應

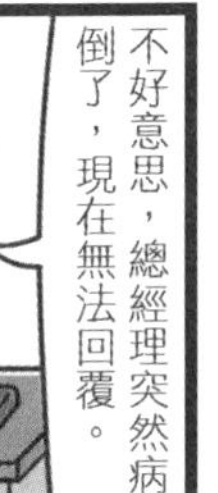
不好意思，總經理突然病倒了，現在無法回覆。

對對，很抱歉……
沒辦法，現在……

少了總經理，我們等於群龍無首，根本沒辦法應付……

天啊！又來了。

〈乾卦〉由六個陽爻組成，「用九，見群龍無首，吉。」也就是指擁有陽氣本佳，但如果過於強勢，物極必反，反而不美。所以最好是位居於群龍中，知所謙虛，不為龍頭，才是吉兆。後來演變為成語「群龍無首」。

否極泰來

釋義 否：在此成語中讀作ㄆㄧˇ。比喻事情壞到最後，將會逐漸變好事。常用來安慰遭遇不幸的人。

出處 《易經．否卦》：「否之匪人，不利君子貞，大往小來。」《易經．泰卦》：「泰，小往大來，吉亨。」

造句 事情不會永遠都壞下去，我相信最後一定會否極泰來，不要失去信心。

近義詞 雲開見日、時來運轉

反義詞 樂極生悲 199、物極必反

我最近真是倒楣透頂。

唉，不僅失業，
這下連手機都摔壞。

不要灰心，工作再找就有
了，一切會否極泰來的。

我錄取了嗎？
太好了，謝謝！

〈否〉和〈泰〉是《易經》六十四卦中的兩卦。否卦屬於凶卦。泰卦則屬吉卦。而壞運氣到了極點時，好運就會降臨。告訴人們天理循環的道理，應該積極面對困境。後來演變為成語「否極泰來」。

洗心革面

釋義　洗去惡念，改變舊有的面目。比喻澈底改過自新。

出處　《易經．繫辭上》：「聖人以此洗心，退藏於密。」《易經．革》：「君子豹變，小人革面。」

造句　他曾經誤入歧途，在親人的勸導下，決定洗心革面，好好做人。

近義詞　痛改前非、改過自新

反義詞　怙惡不悛、不知悔改

您好，今天的青江菜很新鮮喔，還有……
好，那給我兩把。

媽，我來就好了，您去旁邊休息。
我還沒老到不能動！

那是林阿婆的兒子嗎？以前都沒看過。
他以前混幫派，出獄後洗心革面，希望未來能成為阿婆的依靠。

「洗心革面」由「洗心」及「革面」組合而成。孔子認為《周易》的作用，在於聖人可以用它來洗滌心胸（洗心）。而「革面」則是指改變面目。「洗心革面」後來比喻澈底悔悟，改過遷善。

涇渭分明

釋義

涇：讀作ㄐㄧㄥ。涇水流入渭水時，清濁不混，界限分明。用來比喻兩者的界線非常分明。

出處

《詩經．邶風．谷風》：「涇以渭濁，湜湜其沚。」

造句

這個國家的季節涇渭分明，四季皆有不同的風情。

近義詞

黑白分明、壁壘分明

反義詞

不分皂白、是非不分

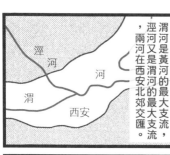

涇
河
河
渭
西安

渭河是黃河的最大支流，涇河又是渭河的最大支流，兩河在西安北郊交匯。

渭河
我的含沙量較多，所以看起來混濁。

涇河
我看起來很清澈。

兩條河有非常明顯的區別，成為奇觀。後人以涇渭分明來表示界線分明。

〈谷風〉是《詩經．邶風》的篇名。描寫被丈夫所棄的結髮之妻，陳述著心中的滿腔愁苦，其中描寫兩人以往恩愛，如今卻「涇渭分明」。反映出婦女悲慘遭遇，是中國古代棄婦詩名篇。

如履薄冰

釋義

履：讀作ㄌㄩˇ，踩著。形容做事小心謹慎的樣子。

出處

《詩經・小雅・小旻》：「戰戰兢兢，如臨深淵，如履薄冰。」

造句

總經理對此案非常重視，所有人如履薄冰，不敢有絲毫的馬虎。

近義詞

戰戰兢兢、小心翼翼

反義詞

馬馬虎虎（ㄏㄨ ㄏㄨ）、奔車朽索

發生什麼事？
聽說有不明感染源，使得客人上吐下瀉。

但這樣會不會太誇張了。

一點都不誇張，面對安全問題，本就應該如履薄冰，不可大意。

〈小旻〉描寫了周朝昏庸的君主，不但昏聵（ㄎㄨㄟˋ）無道，更不能採納善謀，遂致國事衰敗，賢臣每天滿懷著「如履薄冰」的恐懼。詩人藉由此詩諷刺了君王，也表現出了憂國憂民的情懷。

哀鴻遍野

釋義 哀鴻：哀鳴的大雁，比喻因為天災人禍而流離失所的災民。

出處 《詩經・小雅・鴻雁》：「鴻雁於飛，哀鳴嗷嗷。」

造句 中東地區因為連年戰爭不斷，致使哀鴻遍野、民不聊生。

近義詞 生靈塗炭、民不聊生

反義詞 安居樂業、國泰民安

周朝時，周厲王暴虐，使得人民苦不堪言，紛紛外逃，流離失所。

連喝水都要交稅，實在太過分。
大家一起反抗吧！

人民反抗暴政，後由周宣王即位。
民間一片哀鴻遍野，寡人必定讓人民安居樂業。

現在的國君仁善。
我們終於能過上好日子了。

〈鴻雁〉的創作時代，推測應為周厲王或周宣王時期。當時天災人禍，民衆流離失所，處處「哀鴻遍野」，最後由朝廷加以安頓。關於此詩主旨，歷來看法不一。有的認為是讚美周宣王，也有認為是流民的訴苦之作。

進退維谷

釋義 夾在中間，進退兩路皆不可行，不知如何是好。

出處 《詩經・大雅・桑柔》：「人亦有言，進退維谷。」

造句 夾在工業發展與環境保育的問題，他陷入了進退維谷的局面，不知道如何決定。

近義詞 左右兩難、騎虎難下

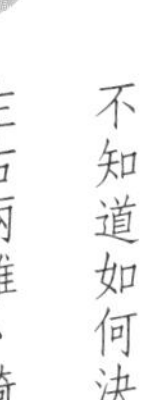

反義詞 一帆風順、得心應手

竟是斷崖。

這下你已無退路，還不束手就擒！

天啊！現在陷入了進退維谷的局面，怎麼辦？

待續
可惡，竟然就卡在這裡。好想知道下集。

〈桑柔〉相傳為西周卿士芮良夫陳述救國之道所作。詩中反覆勸諫周厲王，然而厲王仍舊暴虐昏庸，任用非人，導致周室危亡。作者感嘆自己陷入「進退維谷」的處境。此詩對後世影響深遠，後世多引為鑑誡。

耳提面命

釋義 意思是對著耳朵叮囑對方，表示教誨的殷勤懇切。

出處 《詩經．大雅．抑》：「匪面命之，言提其耳。」

造句 他第一次離開家鄉到外地求學，父母一再的耳提面命，希望在外注意安全，保重身體。

近義詞 諄諄教誨、苦口婆心

反義詞 旁敲側擊260、拐彎抹角

周公平定武庚之亂後，封康叔於衛，建立衛國。
衛

衛武公治國家十分開明，總是廣納百官的意見。
有什麼意見都可以跟我說。

等我死掉之後，真擔心年輕人不懂分別善惡、迷失方向……

恨不得時時耳提面命。

〈抑〉相傳為衛武公所作。詩篇中強調著君王有哪些事情可做，有哪些事情不可做。並懇切地告誡周平王應該認真聽取，否則會有亡國之禍。另外，「夙興夜寐」、「投桃報李」、「諄諄告誡」等成語都出自此詩。

鳩占鵲巢

釋義

鳩：讀作ㄐㄧㄡ。斑鳩不會做巢，常強占喜鵲的巢。後比喻坐享其成，或是強占他人住處。

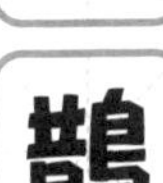

出處

《詩經・召南・鵲巢》：「維鵲有巢，維鳩居之。」

造句

這個家是他親手打造的，但是親戚住進來後就不願離開，根本是鳩占鵲巢！

近義詞

養虎為患、巧取豪奪

反義詞

物歸原主、完璧歸趙

哥，你怎麼來了？
我家房子淹水了，只好來投靠你了。

過了三個月。
哥……你什麼時候要搬回去？

一家人幹嘛分這麼清楚。我在這裡住得很開心。

唉，鳩占鵲巢，你不走我走！

〈鵲巢〉以詩句上來看，是一首描寫婚禮過程的詩。然而後人對詩旨分為三種觀點。一為鵲喻新郎，鳩喻新娘，為一首唱讚歌；二為鵲喻棄婦，鳩喻新婦，可能是一首棄婦詩；最後則是鵲、鳩並無明確所指。

未雨綢繆

釋義

綢繆：讀作ㄔㄡˊㄇㄡˊ。緊密纏縛，引申為修補。還沒有下雨，先把門窗修好。比喻事先做好準備。

出處

《詩經．豳風．鴟鴞》：「鴟鴞鴟鴞！既取我子，無毀我室！恩斯勤斯，鬻子之閔斯。迨天之未陰雨，徹彼桑土，綢繆牖戶。今女下民，或敢侮予。」

造句

我們應該未雨綢繆，準備好醫療包等物資，這樣發生災害時可以及時應對。

近義詞

曲突徙薪、有備無患

反義詞

臨陣磨槍、臨渴掘井

母鳥在養育小鳥之前，
會準備好窩巢。

在下雨之前，
得把窩修補好。

未雨綢繆，防範未然。

〈鴟鴞〉描寫被鴟鴞抓去了幼鳥之後，母鳥為了保護自己的小鳥，不辭辛勞，「未雨綢繆」也要打造出安全的住所。作者以母鳥的辛勞作為寄寓，抒發了自己的人生感慨。

遇人不淑

釋義 指女子嫁了不好的丈夫。

出處 《詩經．王風．中穀有蓷》：「有女仳離，條其嘯矣。條其嘯矣，遇人之不淑矣。」

造句 她從小失去雙親，長大後早早步入婚姻，沒想到遇人不淑，婚後生活很辛苦。

近義詞 所遇非人、所嫁非人

林太太好久沒見到妳，有空來坐坐。
我先出去工作，改天再聊。

媽媽，都這麼晚了，林阿姨怎麼還要去上班？

唉，她遇人不淑，丈夫整天在家不工作，所有的重擔都在她身上，從早到晚都在工作……

還好現在她想清楚，決定離婚了。
希望林阿姨愈來愈好。

〈中谷有蓷〉一般被認為是棄婦的哀嘆之詩。棄婦訴說自己「遇人不淑」，被絕情的丈夫所拋棄。但主人公並沒有一昧的怨天尤人，而是痛定思痛，並告誡了未婚者。展現了堅強的品格。

夙夜匪懈

釋義 夙：讀作ㄙㄨˋ。形容日夜謹慎工作，勤奮不懈。

出處 《詩經．大雅．烝民》：「既明且哲，以保其身，夙夜匪解，以事一人。」

造句 颱風過境，導致上百戶電力停止，現在工作人員夙夜匪懈，全力搶修中。

近義詞 夙興夜寐（ㄇㄟˋ）、孜孜（ㄗ ㄗ）不倦

反義詞 一暴（ㄆㄨˋ）十寒、半途而廢

成功了！

News!
自疫情爆發以來，科研人員便夙夜匪懈研發疫苗……

News!
今日將正式施打疫苗，感謝在背後的所有無名英雄！

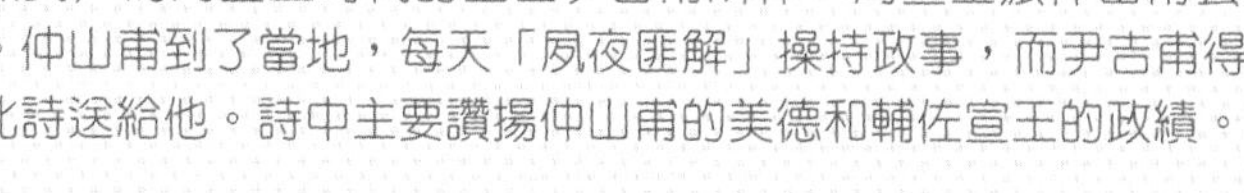

〈烝民〉為周宣王時代的重臣尹吉甫所作。周宣王派仲山甫去齊地建築城池。仲山甫到了當地，每天「夙夜匪解」操持政事，而尹吉甫得知之後，便做此詩送給他。詩中主要讚揚仲山甫的美德和輔佐宣王的政績。

無稽之談

釋義　無稽（ㄐㄧ）：無法考查。沒有根據的說法。

出處　《尚書・大禹謨》：「無稽之言勿聽。」

造句　這個民間療法號稱可以讓人起死回生，根本是無稽之談，不能輕易相信。

近義詞　以訛（ㄜˊ）傳訛、道聽塗說

反義詞　言之鑿（ㄗㄠˊ）鑿（ㄗㄠˊ）、信誓旦旦

《大禹謨》，作者不詳。文中記敘三件事：第一為舜、禹、皋（ㄍㄠ）陶、伯益開會時的政見；第二討論舜、禹之間的帝位禪讓問題；第三描述了舜讓禹去征討苗民。

上古時期，舜為天下共主。
天下共主
我已在位三十年，是時候找人繼承了。

大禹，人民都信服你，你就接下共主之位吧！
不可不可，還有更賢明的人。

你治水有功，勤勞於國，由你來接位最好。但切記無稽之談不可信，謹慎的對待人民。

第二年，大禹在太廟接受了舜的禪讓。

暴殄天物

釋義 殄：讀作ㄊㄧㄢˇ，滅絕。原指殘害滅絕天生萬物，後指任意糟蹋東西，不知愛惜。

出處 《尚書．武成》：「今商王受無道，暴殄天物，害虐烝民。」

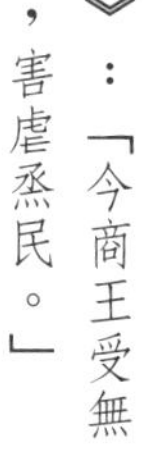

造句 這裡採用自助取餐的方式，吃多少拿多少，以免暴殄天物。

近義詞 鋪張浪費、揮霍無度

反義詞 克勤克儉、省吃儉用

我想吃麥當勞，不想吃這個。
那妳這些沒吃完的要怎麼辦呢？
就倒掉啊！
如果妳這樣暴殄天物，以後會沒飯吃。
我不敢了，我會吃完的！

〈武成〉篇記載武王伐紂的經過，其中有段說雙方交戰死傷無數、血流成河。孟子曾對此評論：「盡信書，則不如無書。吾於武成，取二三策而已矣。」意思對於〈武成〉的可信度只有二三成，因為周武王這樣有仁道的人去討伐商紂，是不可能造成血流成河。

尸位素餐

釋義　指空占著職位而不做事。

出處　《尚書．五子之歌》：「太康尸位以逸豫，滅厥德，黎民咸貳。」

造句　她在這家公司任職多年，卻把各個案子擱置、整天無所事事，簡直是尸位素餐。

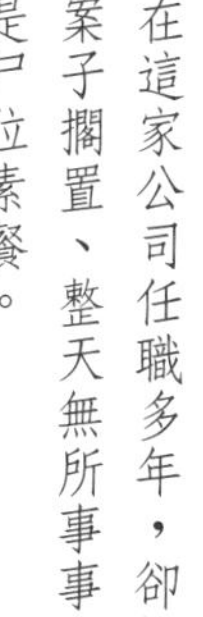

近義詞　伴食中書、飽食終日

反義詞　枵（ㄒㄧㄠ）腹從公、宵衣旰（ㄍㄢˋ）食

夏朝君王太康上位後，不理朝政，只知享樂。

吩咐下去，我要去洛水田獵！

過了一百天。
大王，我們出來許久，是否該回國了？
還早還早。

后羿
太康雖為國君，卻尸位素餐，根本不作為，乾脆讓他回不來。

尸位素餐中的「尸位」不可以理解為屍體所占的位置，這在古代是指「尸音史」，為祭禮中的一個代表神像端坐、不須要做任何動作的人。後與「素餐」合併為一個成語。

惡貫滿盈

釋義 貫，本指以線穿錢，錢滿一貫，就不能增加，稱為滿貫。形容惡行多到滿溢。

出處《尚書・泰誓》：「商罪貫盈，天命誅之。」

造句 這名兇手在逃期間還犯下了許多案件，惡貫滿盈，終於在今天受到制裁。

近義詞 作惡多端、十惡不赦

反義詞 功德無量、積德行善

商朝末年，紂王暴虐，使得民不聊生。
周

周
紂王惡貫滿盈，如今天命要我去討伐他。

周武王的宣言使士氣大增，在牧野一戰大敗商朝，建立周朝。
商

商朝末年，商紂王暴虐，引發了人民的反抗。而周武王領兵攻打紂王時，便向全體將士發布了誓師宣言《泰誓》。其中一句：「商罪貫盈，天命誅之。」（指出紂王的惡行太多，因此天意要我去征伐他。）此後士氣大增，在牧野之戰中擊敗紂王。後來演變為成語「惡貫滿盈」。

愛屋及烏

釋義 比喻愛一個人而連帶地關心到與他有關的人或物。

出處 《尚書大傳・大戰》：「愛人者，兼其屋上之烏。」

造句 他本來不喜歡動物，但對於女友養的狗狗愛屋及烏，盡心呵護。

近義詞 民胞物與、己飢己溺

反義詞 愛莫能助、殃及池魚 180

周武王
愛卿們，今日想與你們商量商朝遺民之事。

姜太公
我聽說愛屋及烏、恨屋及烏，一個都不留最好。
不妥。

召公
不然把有罪的殺掉，無罪的留下？
不妥。

周公
放他們回家吧，以仁政感化天下人。
妙！

周武王建立周朝後，與大臣們討論如何對待殷商的遺民。姜太公說：「我聽說如果喜愛對方，連同他屋上的烏鴉也喜愛；如果不喜歡，就連帶厭惡他家的牆壁籬笆。」原本是建議趕盡殺絕的屠人政策。後來演變為「喜愛關懷」的表述。

功虧一簣

釋義 簣：讀作ㄎㄨㄟˋ。比喻事情只差最後一步，卻因未能堅持到底而沒能完成。

出處 《尚書．旅獒》：「為山九仞，功虧一簣。」

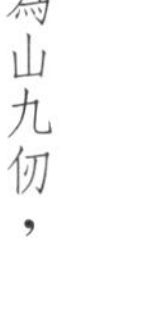

造句 你做了這麼多準備，就是為了考取這張證照，如今卻想放棄，豈不是功虧一簣。

近義詞 功敗垂成、前功盡棄

反義詞 堅持不懈、善始善終

周武王滅了商朝，安定天下，聲威顯赫。

從屬國進貢了幾隻獒犬。

狗狗乖乖。

召公

王還是要繼續努力，不然為山九仞，功虧一簣。

我知道了。
嗚。

召公，為武王的同姓宗室。曾輔助周武王滅商，因此在看到武王差點因為「旅」國所進獻的獒犬讓武王玩物喪志，便規勸武王不可以使得從前的政績功虧一簣。

巧言令色

釋義

話說得很動聽，臉色裝得很和善，可是一點也不誠懇。

出處

《尚書．皋陶謨》：「能哲而惠，何憂乎驩兜？何遷乎有苗？何畏乎巧言令色孔壬？」

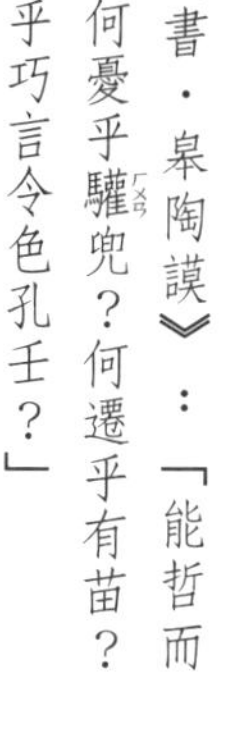

造句

她是個巧言令色的人，表面上很適和善，實際上別有用心。

近義詞

花言巧語、諂詞令色

反義詞

義正辭嚴、聲色俱厲

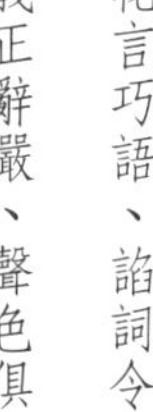

您好，我是今天報到的新人。
我是負責帶妳的人，以後我罩你。

看到她巧言令色的樣子，實在很受不了。
人前對你好，背後又一個樣子。

我之前以為她是個好人，沒想到竟然跟老闆說我的壞話。

別說了，我比妳更慘，她把我做的事情全算做她的績效了。

夏朝時，大禹與皋陶討論如何才能成為一個賢明的君王。皋陶建議最重要的就是知人善任、使百姓安樂。大禹覺得很有道理，但實際上卻很難做到，就連舜都很難處理像驩兜這類巧言令色的小人。

玉石俱焚

釋義 比喻不管好壞，一起毀滅。

出處 《尚書‧胤征》：「火炎崑岡，玉石俱焚。」

造句 面對挾持人質的歹徒，務必要小心應對，以免對方玉石俱焚，造成不可挽回的後果。

近義詞 兩敗俱傷、同歸於盡

反義詞 安然無恙、毫髮無傷

別過來！準備好現金讓我走。
快點放開人質，不然我們就要動手了！

別激怒他，以免玉石俱焚。我已經請到了歹徒的母親來溫情喊話。

兒子啊，別再錯下去了。
媽……

羲氏與和氏是古代負責觀察天象四時的官職，而到了夏帝仲康時，因為沉迷飲酒而怠忽職守。仲康便派胤侯前往征伐他們。出師前，胤侯做了〈胤征〉來訓誡將士們，以山火會同時燒壞良玉、石頭，比喻失職的官吏對人民造成的傷害，是好壞都會被毀滅的結果。

有條不紊

釋義　紊：讀作ㄨㄣˋ。形容有條有理，不雜亂。

出處　《尚書．盤庚上》：「若網在綱，有條而不紊；若農服田，力穡乃亦有秋。」

造句　她做事有條不紊，所以能夠高效率的完成任何工作。

近義詞　層次分明、井然有序

反義詞　亂七八糟、雜亂無章

明天的會議流程已經確定了嗎？
我都已經條列出來，再請過目。

啊！我忘了說，當天還有幾位貴賓……真是糟糕，這樣可能會打亂流程。

PLAN B
不用擔心，我有備用方案，都可以調度。

太好了，你總是有條不紊，安排周詳，那我就放心了。

商朝皇帝盤庚打算將首都從河北遷到河南，沒想到引起臣民不悅。盤庚便發表了安撫民心的訓辭。內容極力告訴人民遷都的好處，只要聽他的話，那麼一切都會有條不紊。

名列前茅

釋義 用來比喻成績優異，名次排在前面。

出處 《左傳．宣公十二年》：「蔿敖為宰，擇楚國之令典，軍行，右轅，左追蓐，前茅慮無，中權，後勁。」

造句 她從小到大的成績總是名列前茅，是大家眼中的資優生。

近義詞 首屈一指、獨占鰲頭

反義詞 榜上無名、名落孫山

她是誰，以前沒看過？
她剛從國外回來，不過中文很好呢！
不但如此，她這幾次考試都名列前茅。

哇，從今天開始就是我的女神了！
這傢伙……

春秋時期，鄭楚兩國交戰，晉國大將荀林父前往援助鄭國，還沒到黃河邊，鄭國就投降了。這是因為楚軍紀律分明，前方部隊一旦偵察到敵方位置，就會以茅草作為識別標誌通知後方。後演變為成語「名列前茅」。

退避三舍

釋義 比喻退讓和迴避，避免與人衝突。

出處 《左傳．僖公二十三年》：「若以君之靈，得反晉國：晉、楚治兵，遇於中原，其辟君三舍。」

造句 她情緒不穩，經常對人亂發脾氣，以至於大家碰見她就會主動退避三舍。

近義詞 遠而避之、顧全大局

反義詞 周旋到底、當仁不讓 024

春秋時候，重耳逃亡到楚國。楚王將他奉為上賓。

若你有一天回到晉國當上國君，會怎麼報答我呢？

退 90km
晉
要是我日後回晉國，願與貴國交好，若兩國發生戰爭，我一定命令軍隊退避三舍。

日後重耳回國，成為歷史上大名鼎鼎的晉文公，也遵守當時的諾言。

晉文公，姬姓，名重耳，是春秋時期的晉國國君。年少時受到晉文公寵妃驪姬百般刁難，在太子申生被害之後，重耳逃出晉國。最後秦穆公護送重耳回國繼位，在此後他開創了中原霸業，成為春秋五霸之一。

甚囂塵上

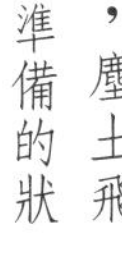

釋義

囂：喧嚷。人聲喧嚷，塵土飛揚。原形容軍中正忙於準備的狀態。後來形容消息普遍流傳，議論紛紛。

出處

《左傳・成公十六年》：「王曰：『將發命也。甚囂，且塵上矣。』」

造句

儘管這個消息甚囂塵上，但當事人都未出面澄清，讓人霧裡看花。

近義詞

滿城風雨、沸沸揚揚

反義詞

風平浪靜、相安無事

聽說他們不合，快要解散了。
真的假的？哪來的消息。
坐等爆料！
天啊，我家偶像要解散了。

News!
新聞已經澄清了。妳看！

News!
這個消息被炒作的甚囂塵上，目前公司已經澄清為謠言。

春秋時期，晉國襲擊鄭國，鄭國向楚國求援，楚共王帶領大軍前往援救，試圖逼近晉軍前陣，使他們投降。然而晉厲王採納「填灶蓋井」的建議，營造出塵土飛揚、喧鬧的景象，楚共王因而輕敵，最終被晉軍打敗。所以「甚囂塵上」原來是指晉軍作戰前的準備情況。

天經地義

釋義 天地間歷久如此而不改變的道理，也指理所當然的事情。

出處 漫《左傳・昭公二十五年》：「夫禮，天之經也，地之義也，民之行也。」

造句 現在時代改變了，從前認為天經地義的事情，如今卻有了不同的見解。

近義詞 金科玉律、毋庸置疑

反義詞 理屈詞窮、盜名竊位

周朝時，周景王死後，諸侯們在黃父會盟，商討皇位繼承之事。

會上，晉國的趙鞅向鄭國的游吉請教。
游吉
趙鞅
什麼是禮呢？

我曾聽先大夫子產說過：『禮即是天經地義，人民依從的規則。』
禮

大家要牢記這個道理，全力支持大子恢復王位。

東周時，周敬王即位，卻遭遇兵變，被趕出京城。諸侯們商討是否要幫助周敬王重返京城。而晉國的大臣趙鞅，向鄭國的大臣游吉詢問「禮」。游吉便引用鄭國已故大臣子產的話回答：「禮就是天經地義，不容改變。」趙鞅聽了便號召諸侯們幫助周敬王，恢復王位。

痛心疾首

釋義 形容傷心痛恨到了極點。

出處 《左傳·成公十三年》：「諸侯備聞此言，斯是用痛心疾首，暱就寡人。」

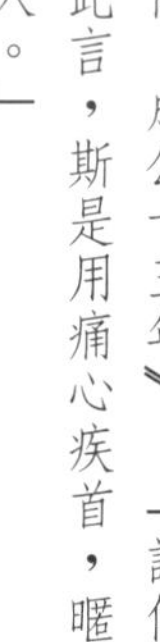

造句 看到他多次犯案卻毫無悔過之心，大家無不感到痛心疾首。

近義詞 深惡痛絕、捶胸頓足

反義詞 賞心悅目、心曠神怡

日前搶劫銀行的劫匪，已於今日逮捕歸案。

天啊，這不是王叔的兒子嗎？

唉，別說了，因為這件事情，夫妻倆痛心疾首、深深自責。

唉……我還是看著他長大的，真沒想到。

春秋時代，秦國違背當時與晉國訂立的盟約，於是晉侯派呂相出使秦國，目的是斷絕兩國的關係。對於秦國的背信棄義，其他諸侯也都感到痛心疾首。後來晉國聯合諸侯之兵迎戰秦國，秦國大敗。

良禽擇木

釋義

原意是指優秀的禽鳥會選擇理想的樹木來棲息。後用以比喻優秀的人才會選擇好的工作或賢明的主管。

出處

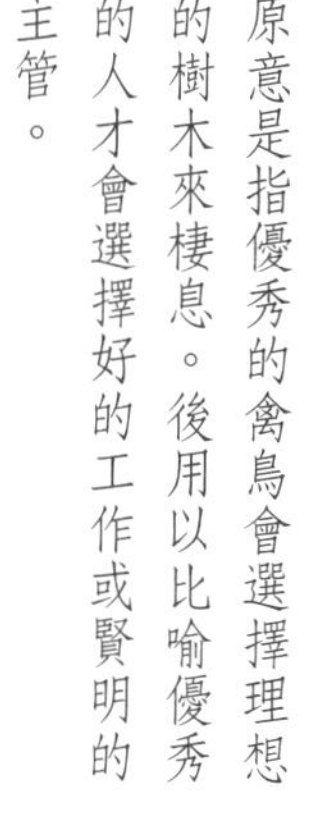

《左傳・哀公十一年》：「孔文子將攻大叔也，訪於仲尼。……退命駕而行。曰：『鳥則擇木，木豈能擇鳥！』」

造句

在這裡一直無法得到重用，只好良禽擇木，選擇離去了。

近義詞

鳳棲梧桐、擇主而侍

孔文子
我想向先生請教行軍布陣。
孔子
我只懂禮樂，不懂得打仗。

收拾東西，我們離開衛國。

先生，為何我們要離開衛國呢？
良禽擇木而棲啊。此處不適合我們。

先生，請留步，我不該因私人恩怨而發起戰爭，實在錯了……

孔圉ㄩˇ，衛國的大夫，傳聞作風不正，但死後被追諡為「孔文子」。子貢便疑惑的詢問孔子，孔子回答：「孔文子聰明又好學，最重要的是遇到不懂就問別人，能夠做到不恥下問。而國君追諡他，自然是稱揚他的優點。」

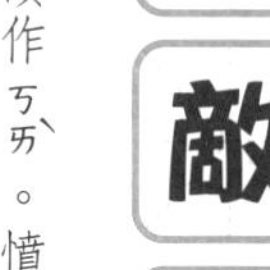

同仇敵愾

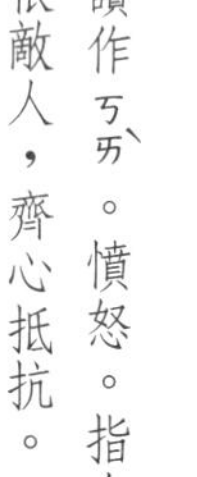

釋義

愾：讀作ㄎㄞˋ。憤怒。指大家一致痛恨敵人，齊心抵抗。

出處

《詩經・秦風・無衣》：「修我戈矛，與子同仇。」

《左傳・文公四年》：「諸侯敵王所愾，而獻其功。」

造句

看到對手不斷的挑釁，我方全員不禁同仇敵愾，勢必要奪取勝利。

近義詞

戮力同心 159、合力攻敵

反義詞

自相殘殺、同室操戈

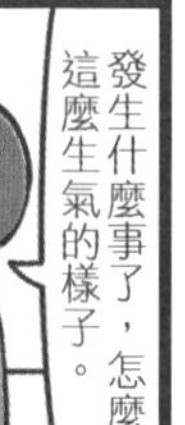

發生什麼事了，怎麼都這麼生氣的樣子。

那個男人，竟然這樣逼他老婆。
還把小孩帶走！

只要大家同仇敵愾，團結一心，就能打倒渣男！

你們未免也入戲太深了吧……

「同仇敵愾」由「同仇」及「敵愾」組合而成。「同仇」來自於戰士情誼，一同懷抱仇恨抗敵。「敵愾」則是甯武子婉轉批評了魯國僭(ㄐㄧㄢˋ)用天子的歌樂，那樣的歌樂是天子對抗敵人時才能用的。

食言而肥

比喻說話不算話，常失信於人。

《左傳・哀公二十五年》：「是食言多矣，能無肥乎？」

你之前明明答應過我的事情，現在卻食言而肥，讓我怎麼敢再信任你？

出爾反爾 032、言而無信

一諾千金、一言九鼎

春秋時代，魯哀公設宴，招待了季康子、孟武伯等人飲酒。
魯哀公

郭重，你為什麼這麼胖？

不可無禮。

郭重會這麼胖，都是因為食言而肥。
大王這是在說我們常常失信於他啊。

魯哀公，姬姓，名將，為春秋諸侯國魯國君主之一，在位二十七年。魯哀公在位時，國政被三個卿大夫家族把持，也就是季孫氏、叔孫氏、孟孫氏，史稱三桓。魯哀公曾經試圖恢復君主權力，最後卻失敗而流亡。

欲蓋彌彰

釋義 想掩蓋壞事的真相，結果反而更明顯地暴露出來。

出處 《左傳・昭公三十一年》：「或求名而不得，或欲蓋而名章，懲不義也。」

造句 我什麼都還沒有問，妹妹就先欲蓋彌彰的說：「蛋糕不是我吃的。」

近義詞 畫蛇添足、弄巧成拙

反義詞 光明磊落、光風霽月

太好了，晚一點就來玩看看這款遊戲。

你怎麼一回到家也不打招呼，躲在房間幹嘛？
沒什麼啦！

我看你就是欲蓋彌彰，又買了什麼？從實招來。
呃……

春秋時代，邾國人黑肱帶著濫城投奔魯國一事被記錄下來。有人評論：「君子應該要好好的保護自己的名聲，做了不義之事就會留下壞名。有的人想掩蓋自己的行為，反而會被大書特書。」後來演變為成語「欲蓋彌彰」。

秦朝末年，項羽率軍渡黃河前去營救趙國，以解巨鹿之圍。

把船全部都鑿沉！

把鍋子都打破！此去，破釜沉舟，有進無退，唯有奪取勝利！

後來，楚軍拚死決戰取得勝利，大大地提高了項羽的聲威。

破釜沉舟

釋義 釜：讀作ㄈㄨˇ。形容下定決心，堅持到底的精神。

出處 漢．司馬遷《史記．項羽本紀》：「項羽乃悉引兵渡河，皆沉船，破釜甑，燒，持三日糧，以示士卒必死，無一還心。」

造句 現在的情形對我方不利，但我們只要有破釜沉舟的決心，會有機會扭轉局勢！

近義詞 孤注一擲 140、義無反顧

反義詞 瞻前顧後 211、舉棋不定

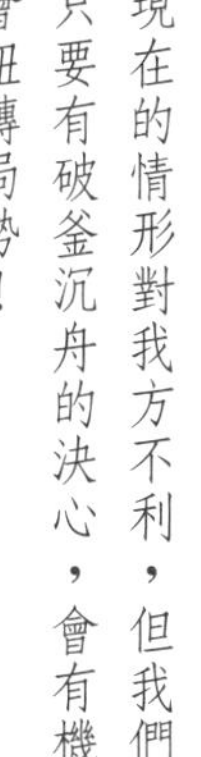

秦朝末年，項羽和他的叔父項梁，在吳中起兵反秦。秦軍圍攻趙國，項羽便帶著全部的軍隊救趙。項羽下令在渡河之後將船弄沉（沉舟），打破煮飯的鍋子（破釜），燒掉營地，表示必死決心，即是歷史上有名的「巨鹿之戰」。

捷足先登

釋義　比喻行動敏捷的人，先達到目的或得到所求的東西。

出處　《史記・淮陰侯列傳》：「秦失其鹿，天下共逐之，於是高材疾足者先得焉。」

造句　當我還在猶豫不決的時候，他已經捷足先登，買下了這塊地。

近義詞　先發制人、先聲奪人

反義詞　坐失良機、姍姍來遲

這次的標案很重要，誰先提出完整的企劃，就優先採用。

該是我表現的時候了。

很好，就採用妳的企劃。
謝謝經理。
!!

可惡，被她捷足先登了。

秦朝末年，劉邦的手下大將韓信武力強大，謀士蒯通於是勸他背叛劉邦，自立為王，但不被採納。後來劉邦知道蒯通曾經的建議時，便派人抓捕他，蒯通爭辯：「動作快的人當然可以爭天下，我向主人韓信提議，又有什麼錯呢？」後來演變為成語「捷足先登」。

紙上談兵

釋義 在文字上談論用兵的策略，比喻不切實際的議論。

出處 《史記．廉頗藺相如列傳》：「趙括自少時學兵法，言兵事，以天下莫能當。嘗與其父奢言兵事，奢不能難，然不謂善……」

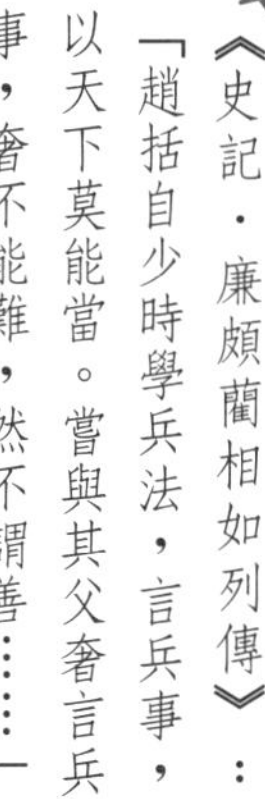

造句 他的想法都只是紙上談兵，沒有實務經驗很難成功。

近義詞 光說不練、空言無補

反義詞 埋頭苦幹、腳踏實地

戰國時趙國名將趙奢的兒子趙括，從小熟讀兵書。

括兒把打仗看得太容易了，若未來讓他當上將軍，必定害趙國大敗。

後來，秦國出兵攻打趙國。
寡人命你為將軍。

趙括紙上談兵，根本不會打仗，天助我也。
秦
最後趙軍四十萬大軍被秦將白起活埋。

戰國時代，趙國名將趙奢的兒子趙括，從小熟讀兵書，但趙奢並不認為這是好事。後來趙奢去世，相國藺相如又病重，只剩大將軍廉頗獨撐大局。秦王便使用反間計，成功讓趙孝成王改派趙括替代廉頗帶軍，結果趙軍卻大敗。

海市蜃樓

釋義

蜃：讀作ㄕㄣˋ。原指海邊或沙漠中，由於光線的反向和折射，空中或地面出現虛幻的樓臺城郭。現多比喻虛無縹渺的事物。

出處

《史記．天官書》：「海旁蜃氣象樓臺，廣野氣成宮闕然。」

造句

我窮盡一生所追求的虛名，到頭來有如海市蜃樓，轉眼成空。

近義詞

虛無縹（ㄆㄧㄠ）緲（ㄇㄧㄠˇ）、鏡花水月

反義詞

千真萬確、無庸置辯

太好了，前方有綠洲！

也許只是海市蜃樓，別抱太大希望。

唉，果然只是幻影。
我以後再也不來沙漠啦。

海市蜃樓，又稱蜃景，是一種因為光的折射和全反射而形成的自然現象，常發生在海上或沙漠地區。古人不知道此原理，便以為是海怪「蜃」吐氣造成的景象。

毛遂自薦

釋義 比喻自我推薦。

出處 《史記．平原君虞卿列傳》：「門下有毛遂者，前，自贊於平原君曰：『遂聞君將合從於楚。』」

造句 我認為我的能力足以應付，容我毛遂自薦，來擔任這個職務。

近義詞 自告奮勇、挺身而出

反義詞 裹足不前、另請高明

平原君
我需要二十位人才跟我一同前往楚國，請求援救。現在還差一位。

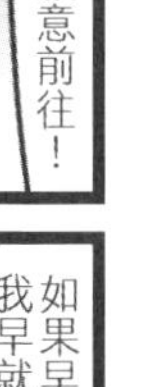
我名為毛遂，願意前往！
可是你在我門下這麼久，沒有顯現什麼才能啊！

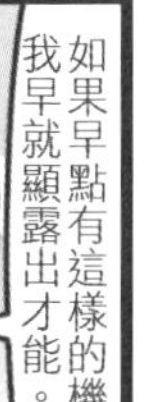
如果早點有這樣的機會，我早就顯露出才能。
好，那就一起來。

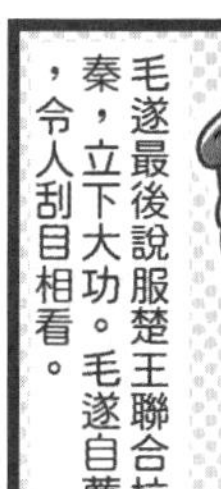
毛遂最後說服楚王聯合抗秦，立下大功。毛遂自薦，令人刮目相看。

趙勝，即平原君。戰國時趙國邯鄲（今河北省邯鄲市）人。雖然政治才能平淡，但禮賢下士，以善於養士而聞名。與他相關的成語還有「脫穎而出」、「一言九鼎」、「三寸不爛之舌」等。

杯盤狼藉

釋義　狼藉（ㄐㄧˊ），散亂的樣子。形容酒席完畢，桌面杯盤散亂的情形。

出處　《史記．淳于髡（ㄎㄨㄣ）傳》：「日暮酒闌，合尊促坐，男女同席，履舄（ㄒㄧˋ）交錯，杯盤狼藉。」

造句　喜宴過後，桌上杯盤狼藉，耳中似乎還迴盪著喧鬧聲。

近義詞　雜亂無章、亂七八糟

反義詞　井井有條、有條不紊 071

老婆不在家，兄弟們，今天就盡情的玩！

老婆，妳要到家了？

快收拾，讓我老婆看到這副杯盤狼藉的樣子，我就死定了。

這是怎麼一、回、事？

「狼藉」指的是狼臥息的草堆。傳說，狼群經常在草地上休憩，在離去的時候會把躺臥的地方弄亂，以免留下蹤跡，導致被天敵追趕。後來引申為不整齊的樣子。

不寒而慄

釋義

慄：讀作ㄌㄧˋ。形容內心非常恐懼。

出處

《史記．酷吏列傳》：「是日皆報殺四百餘人，其後郡中不寒而慄，滑民佐吏為治。」

造句

這本懸疑小說的情節精妙，尤其是將人心惡意的一面描述深刻，使得我想到就不寒而慄。

近義詞

膽戰心驚、提心吊膽

反義詞

臨危不懼、無所畏懼

漢武帝時期，有一個名為義縱的官吏，執法嚴厲，殺人無數。
斬

我今日來定襄上任太守，聽聞牢中有兩百多名重刑犯，全數斬了！
是，大人……

等等，來探監的人可能企圖為這些犯人開脫，全部抓起來。

新來的太守一天內就處決了四百多人。
別提起他，現在聽到他的名字都不寒而慄。

〈酷吏列傳〉描寫了以酷刑峻法為依據的官吏，他們並沒有針對誰，只要犯錯，就連地方豪強、官員也會受到審判。其中一個人名為義縱，即是西漢武帝時的一個酷吏，執法嚴厲，殺人無數。

漏網之魚

釋義 比喻僥（ㄐㄧㄠˇ）倖逃脫的人。

出處 《史記·酷吏列傳序》：「網漏於呑舟之魚。」

造句 警方在這片區域部署大批人員追捕犯罪集團，沒想到還是有漏網之魚。

近義詞 喪家之犬、亡命之徒

反義詞 甕（ㄨㄥˋ）中之鱉、釜中之魚

有三名嫌犯在裡面。
準備攻堅！

別動！你們被捕了。

這裡只有兩名嫌犯，
還少一個。快追！

還好我守在後門，不然
就讓他成了漏網之魚。

孔子與老子曾經說過，用政令和刑罰來治理人民，人民並非自發性的認同。所以一昧地將法令變得嚴苛，那麼罪犯還是不會減少。司馬遷認同這點，便在〈酷吏列傳序〉提到，漢初時法規寬鬆，甚至有漏網之魚，但人民生活安定。以此得知治理人民，最重要的是教化，而不是法令。

蕭規曹隨

釋義 比喻後人依循前人所訂的規章辦事。

出處 《史記・曹相國世家》：「參代何為漢相國，舉事無所變更，一遵蕭何約束。」

造句 自從他接任董事一職以來，便蕭規曹隨，一切照舊。

近義詞 因循守舊、陳陳相因

反義詞 改弦更張 094、鼎新革故

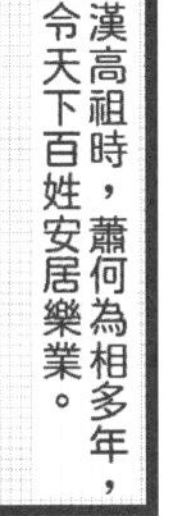
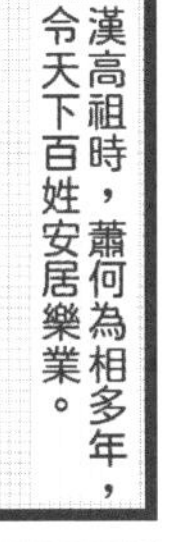
漢高祖時，蕭何為相多年，令天下百姓安居樂業。

丞相年事已高，你認為有誰能接任呢？
曹參可以。
蕭丞相任內時，所制定的法令已經非常完善，那麼就繼續沿用下去即可。

丞相吩咐一切照舊。
一切行事依照舊章，世人便稱蕭規曹隨。

蕭何，漢朝初年丞相，輔助漢高祖劉邦建立政權。最為知名的成語「成也蕭何，敗也蕭何」。描述他舉薦了韓信，然而後來也與呂后設計陷害韓信，導致韓信身死。比喻不論是成功還是敗亡都是源於同一個人造成。

芒刺在背

釋義 像是有許多細小的芒刺沾在背上。比喻因畏懼或顧忌而心生不安。

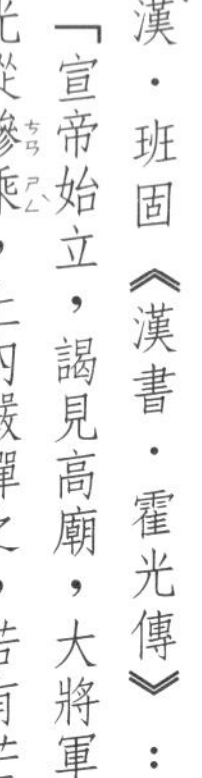

出處 漢・班固《漢書・霍光傳》：「宣帝始立，謁見高廟，大將軍光從驂乘，上內嚴憚之，若有芒刺在背。」

造句 我一走進會場，總覺得人們打量著我，真如芒刺在背。

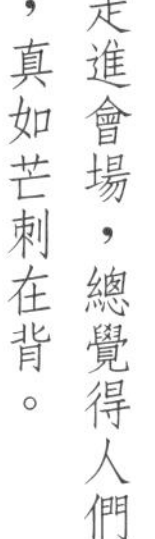

近義詞 坐立不安、如坐針氈 136

反義詞 氣定神閒、泰然自若

漢武帝時，倚重大將軍霍光，二十多年來，權勢薰天。
霍光

朕死後，就由你們輔政幼帝了。
遵旨。

皇上，由臣陪同您前往祖廟。

跟霍將軍坐在一起好可怕，有如芒刺在背。

霍光，為名將霍去病的異母弟弟。歷經漢武帝、漢昭帝、漢廢帝、漢宣帝四朝。霍光的妻子因不滿女兒沒能當上皇后，便毒害漢宣帝的皇后，事情洩漏後，導致霍家被滅，相關成語為「不學無術」。

矯枉過正

釋義　枉：讀作ㄨㄤˇ，彎曲。比喻為了糾正偏差或錯誤卻過度了。

出處　南朝劉宋．范曄《後漢書．仲長統傳》：「逮至清世，則復入於矯枉過正之檢。」

造句　醫生告誡她少鹽少油飲食，沒想到她卻全部都水煮，未免矯枉過正了。

近義詞　過猶不及、失之偏頗

反義詞　恰如其分、恰到好處

好暈啊……

天啊，趕緊叫救護車。
小姐！小姐！

醫生說妳貧血暈倒。
我想減肥，所以這幾天都沒吃飯……

減肥要循序漸進，妳這樣根本就是矯枉過正了！

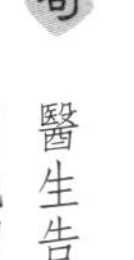

伍子胥ㄒㄩ，春秋楚國人，然而父兄被楚平王所殺，只有他逃到吳國。他幫助吳國成為一方霸主。有一次他攻打楚國時，難忘殺父之仇，便挖開死去多年的楚平王墳墓，鞭笞ㄔ屍骨。後人評論此事，都認為矯枉過正。

置之度外

釋義 不放在心上。常用於形容不把生死、利害放在心上。

出處 《後漢書．隗囂傳》：「帝積苦兵間，以囂子內侍，公孫述遠據邊陲，乃謂諸將曰：『且當置此兩子於度外耳。』」

造句 他看見落水的幼童，第一時間就跳下去搶救，將自己的生死置之度外。

近義詞 置之腦後、置若罔聞

反義詞 牽腸掛肚、耿耿於懷

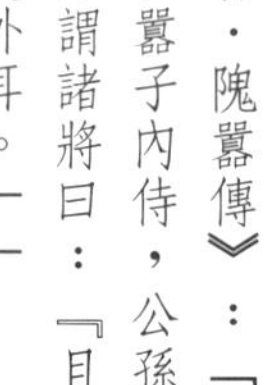
東漢初年，天下尚未統一，剩下四川的公孫述和甘肅的隗囂兩人的勢力。
隗囂
公孫述

漢光武帝
這兩個人實在令人頭痛，要打過去又太遠了……

尤其戰爭打了這麼多年，將士們都應該好好休息了。

就把這兩個人置之度外吧，暫時不理會他們。

漢光武帝劉秀，東漢第一位皇帝。新莽末年時，劉秀與其兄長劉縯在宛起兵。此後逐步掃平各方勢力，最終統一中原。因為在位期間，平復了社會的動盪，因此後世稱為「光武中興」。相關成語故事可見本書 P101「樂此不疲」。

日薄西山

釋義

太陽已經接近西邊的山。比喻人已近老，生命將盡。或形容事物接近衰亡。

出處

《漢書．揚雄傳》：「精瓊靡與秋菊兮，將以延夫天年；臨汨羅而自隕兮，恐日薄於西山。」

造句

這家公司已然日薄西山，大家還是趕快另尋出路吧！

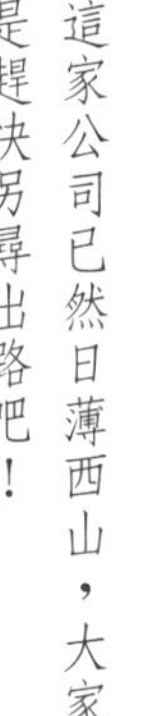

近義詞

命在旦夕、風中殘燭

反義詞

蒸蒸日上、春秋鼎盛

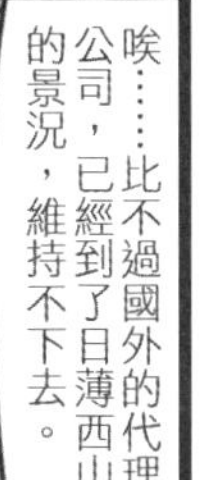
唉……比不過國外的代理公司，已經到了日薄西山的景況，維持不下去。

感謝各位員工多年來的幫忙，如今這家工廠就要關閉了……

揚雄，西漢辭賦家。有口吃，博學多聞。早年欣賞司馬相如的作品，後來更喜歡屈原的辭賦。他曾論述屈原「臨汨羅而自隕兮，恐日薄於西山」，用太陽西沉來比喻生命即將到盡頭，後來演變為成語「日薄西山」。

改弦更張

釋義 更：讀作ㄍㄥ，變換。把舊弦換新。比喻改革制度或變更計畫、方法，重新做起。

出處 《漢書．董仲舒傳》：「竊譬之琴瑟不調，甚者必解而更張之，乃可鼓也。」

造句 既然這個系列商品賣得不好，就趁早改弦更張，推出新的產品。

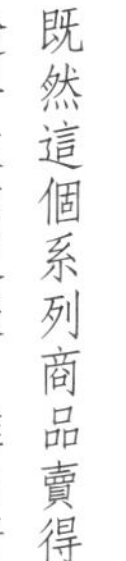

近義詞 改弦易轍、革故鼎新

反義詞 舊調重彈、一成不變

漢武帝
董仲舒
今日想詢問諸位有何施政方略？

沿用前朝的政策，就好比琴弦鬆散，不勘使用。

想要彈出好的音色，就必須要改弦更張，就如同政策需要改革。

另外，罷黜百家，獨尊儒術好。
儒家
此後漢武帝開啟先聲，奉儒學為正統。

董仲舒，西漢哲學家。漢武帝下詔徵求治國方略時，董仲舒提出的「罷黜百家，獨尊儒術」的主張被採納，使儒學成為中國社會正統思想，影響長達二千多年。

譁眾取寵

釋義

譁：讀作ㄏㄨㄚˊ。以迎合眾人的言語行動來博取他人的注意。

出處

《漢書．藝文志》：「然惑者既失精微，而辟者又隨時揚抑，違離道本，苟以譁眾取寵。」

造句

有些電視節目以聳動的內容吸引觀眾，純屬為譁眾取寵的手段。

近義詞

故弄玄虛、混淆視聽

反義詞

實事求是、穩紮穩打

你看，這個人也太誇張了吧！

13:25
網紅亂入動物園，與象共食，稱其為動保發聲。

這個人已經不是第一次這樣了，為了點閱率，經常做出譁眾取寵的行為。

《漢書．藝文志》是中國最早的一部圖書目錄，來自班固所撰《漢書》中的一篇，記載了西漢時的各類圖書，是了解上古到西漢末年時期學術文化發展變化的重要參考資料。

莫測高深

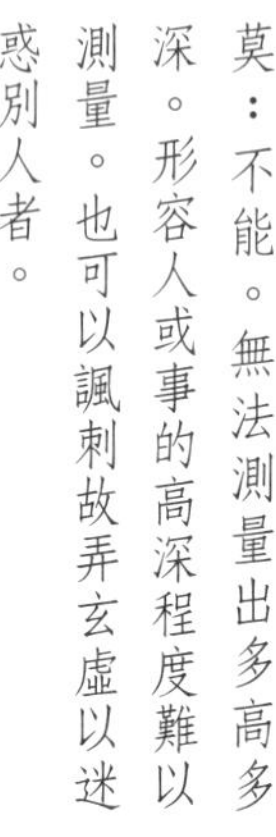

釋義

莫：不能。無法測量出多高多深。形容人或事的高深程度難以測量。也可以諷刺故弄玄虛以迷惑別人者。

出處

《漢書・嚴延年傳》：「吏民莫能測其意深淺。」

新來的經理人怎麼樣？

他總是一副莫測高深的樣子，所以還感覺不出來。

就像那樣嗎？
對，就是那樣。

天啊，看過來了。

造句

我回頭時，看見他笑得莫測高深的模樣，令我心下一涼，感覺做錯了事情。

近義詞

諱莫如深、不可捉摸

反義詞

一目瞭然、顯而易見

嚴延年，生卒年不詳，西漢酷吏。從小學習律法，執法嚴峻、殘暴。母親曾經斥責他不應該草菅ㄐㄧㄢ人命，否則會不得善終，一年之後，其母的話不幸言中，嚴延年遭人彈劾舉報，最後在鬧市被處以死刑。

焦頭爛額

釋義　比喻做事陷入困境，非常疲勞的樣子。

出處　《漢書．霍光傳》：「曲突徙薪亡恩澤，焦頭爛額為上客耶？」

造句　公司破產，加上家人病倒了，弄得我最近焦頭爛額，不知如何是好。

近義詞　狼狽不堪、進退兩難

反義詞　一帆風順、進退自如

又遲到了！！

妳最近經常遲到，是發生什麼事嗎？

唉，我爸病倒了，加上孩子還小需要照顧，所以忙得焦頭爛額。

妳需要幫忙怎麼不說，別跟我客氣。
謝謝妳。

霍光，西漢權臣。大臣徐福深恐霍氏造反，便建議壓制霍氏，但未得採納。後來霍家果然因造反遭到滅族，鎮壓有功的人都有獎賞，徐福卻沒受到獎賞，有人打抱不平上書：「把因救火奮力而燒到焦頭爛額的請到上座，卻忘了當初建議的人才是功臣。」

按圖索驥

釋義

驥：讀作ㄐㄧˋ。比喻拘泥（ㄋㄧˋ）成規的做事，也比喻按照線索去辦事。

出處

《漢書．梅福傳》：「今不循伯者之道，乃欲以三代選舉之法取當時之士，猶察伯樂之圖求騏驥於市，而不可得，變已明矣。」

造句

我這次計畫了一個人的美食之旅，準備好按圖索驥，探訪各家美食名店！

近義詞

抱殘守缺、墨守成規

反義詞

大海撈針、無跡可尋

妳一個人去旅遊，會不會找不到路啊？
媽，放心啦，我都安排好路線了，只要按圖索驥，很快就可以找到。

那妳路上小心。
好。到了再聯絡。

西漢成帝時，外戚專政。大臣梅福忍不住上書給皇帝，他認為現在朝廷尋找賢才的方式，就像是拿著周朝人伯樂所畫的圖象，到市場裡尋找千里馬一樣，當然會找不到，應該因應時代轉變而改。後來演變為成語「按圖索驥」。

防微杜漸

杜：堵住；漸：指事物的開端。比喻在錯誤萌發的時候就加以制止，不讓它發展。

《後漢書．丁鴻傳》：「若敕政責躬，杜漸防萌，則凶妖消滅，害除福湊矣。」

平時使用電器時，要注意不要過載，防微杜漸，以免將來釀成大問題。

近義詞 居安思危、防患未然

反義詞 臨陣磨槍、臨渴掘井

東漢和帝時，竇太后親臨朝政，使外戚掌握大權，政局混亂。

日蝕出現，是象徵做臣子的侵奪君王的權力，陛下千萬要小心。

禍事微小時，就要先預防它逐漸擴大。如此一來才能國泰民安。

嗯……說的有理，我要自己處理朝政才對。
漢和帝採納意見，防微杜漸，安定政局。

漢朝歷史上共有三位竇太后，分別是西漢文帝竇皇后、東漢章帝竇皇后、東漢桓帝竇皇后。本篇所指的為東漢章帝竇皇后，她自幼聰明伶俐，大肆啟用娘家人，最後其家族被漢和帝一網打盡。

盤根錯節

釋義 樹木的根枝盤旋交錯。比喻事情紛難複雜，不易理清。

出處 《後漢書・虞詡傳》：「志不求易，事不避難，臣之職也。不遇槃根錯節，何以別利器乎？」

造句 這兩個家族的恩怨由來已久，所牽扯到的人事物盤根錯節，一時間很難說明來龍去脈。

近義詞 犬牙交錯、錯綜複雜

反義詞 井然有序、有條不紊 071

你這樣會害我的地沒有水啦！

你之前也這樣，我現在剛好而已。

你實在很不講理！

你也差不多啦！

媽媽，那兩個阿公怎麼吵成那樣，也沒人去阻止。

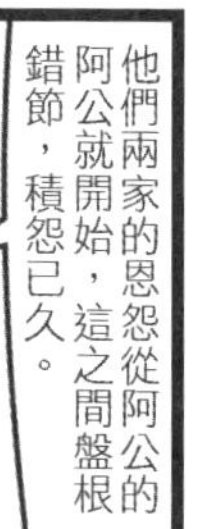
他們兩家的恩怨從阿公的阿公就開始，這之間盤根錯節，積怨已久。
大人好複雜喔。

虞詡，東漢名將。有一次他得罪大將軍鄧騭，鄧騭便陷害他前往朝歌當縣長。臨行前，親友都來慰問虞詡，他反而笑著說：「遇到難處不逃避，就像是砍樹時遇到盤根錯節的樹木，才能顯現出斧頭的鋒利。」

樂此不疲

釋義 特別喜好做某些事而不覺得疲憊。

出處 《後漢書·光武帝紀下》：「帝曰：『我自樂此，不為疲也。』」

造句 他喜愛看海，周末時都會花上幾小時驅車前往海邊，樂此不疲。

近義詞 樂而忘返、樂在其中

反義詞 心猿意馬、深以為苦

劉秀打著復興漢室的旗號，很快便一統天下建都洛陽，史稱光武帝。
光武帝
東漢

都半夜了，皇上還不放我們回去……
皇上勤於政事真是國之明君。

父皇每日如此操心政事到半夜，希望您能多保重身體。

我很喜歡處理政事，樂此不疲。

漢光武帝劉秀用了十五年的時間統一天下，為了歷經長年戰亂的百姓，他下令要休養生息。在位期間致力於政事，直到六十多歲，仍然每天天還沒亮就去處理朝政，樂此不疲。

含飴弄孫

釋義

飴：讀作一ˊ，用米或麥製成的糖漿或軟糖等食品。嘴裡含著糖逗弄小孫子。形容晚年生活的樂趣。

出處

《後漢書．明德馬皇后紀》：「吾但當含飴弄孫，不能複知政事。」

造句

他工作了大半輩子，如今退休後，過上了含飴弄孫的日子。

近義詞

安度晚年、頤（一ˊ）養天年

反義詞

孤寡老人、孤苦伶仃（ㄉㄧㄥ）

兒子，怎麼沒把女朋友帶回來？你們什麼時候要結婚？

媽，妳別管啦，妳現在退休了，就去做自己喜歡的事情。

可是我就等著含飴弄孫啊！
妳這樣催婚很恐怖……

好了、好了，過年不要吵架啦。

東漢時期，名將馬援的女兒，在漢明帝時入宮為妃，後來被冊封為皇后。漢章帝很尊重馬皇后，想要分封爵位給她的娘家人。馬皇后拒絕了，並說等待天下太平時，自己想過著含飴弄孫的優閒生活，不再過問政事。

披荊斬棘

釋義 比喻克服困難。

出處 漫 《後漢書．馮岑賈列傳．馮異》帝謂公卿曰：「是我起兵時主簿也。為吾披荊棘，定關中。」

造句 他畢業後就獨自創業，一路披荊斬棘，才有了今日的成就。

近義詞 乘風破浪、篳路藍縷

反義詞 畏縮不前、裹足不前

我命你為征西大將軍，前往關中平定亂軍。
臣遵旨。
馮異
漢光武帝

總算是平定此地。

愛卿不必多禮。

馮異總是為我披荊斬棘，掃除了重重障礙，功勞最大啊！

馮異，東漢名將，協助漢光武帝劉秀創建東漢政權。他為人謙遜，當軍隊駐紮下來後，諸將都圍坐在一起誇耀功勞時，只有他退避在大樹下，因此被譽為大樹將軍。

息事寧人

釋義 調解糾紛，使事情平息下來

出處 《後漢書．章帝紀》：「其令有司，罪非殊死，且勿案驗；及吏人條書相告，不得聽受，冀以息事寧人。」

造句 他遇事不喜歡爭論，多是息事寧人，結果反而被吃定了一般。

近義詞 排難解紛、平息事端

反義詞 煽風點火、推波助瀾

擋路。

他實在太過分了，我們去跟老師說。

算了啦，我也沒怎樣。

不行啦！如果你這樣息事寧人，只會助長他的氣焰。
對，我們挺你。

漢章帝，為人寬厚，禁止使用酷刑。他曾經下詔，命令所有的官員，如果人民不是犯了死罪，就不需要受理，希望不要生事擾民，寧肯「息事寧人」，使爭端平息。

有志竟成

釋義 比喻人只要有堅定的意志，就可以把事情做成功。

出處 《後漢書．耿弇傳》：「將軍前在南陽，建此大策，常以為落落難合，有志者事竟成也。」

造句 他年過半百才開始學習小提琴，如今有志竟成，完成了幼時的夢想。

近義詞 鐵杵磨針、水滴石穿

反義詞 半途而廢、功虧一簣 068

光武帝
耿弇，張步不接受招降，我需要你帶兵去攻打。
卑職遵命。

將軍，你受傷了！
不要緊，誓死消滅張布。

最後，耿弇大獲全勝。

以前我覺得消滅張步非常困難，沒想到你做到了，真是有志竟成。

耿弇，東漢名將。他勸說父親耿況支持漢光武帝劉秀，二十二歲時就被封為大將軍，後受命率兵東征，使用多個計策擊破張步，一舉平定齊地，為東漢的統一立下赫赫戰功。

不識時務

釋義　比喻不知利用時運以求通達。現也有形容人不明事理，反應遲鈍的樣子。

出處　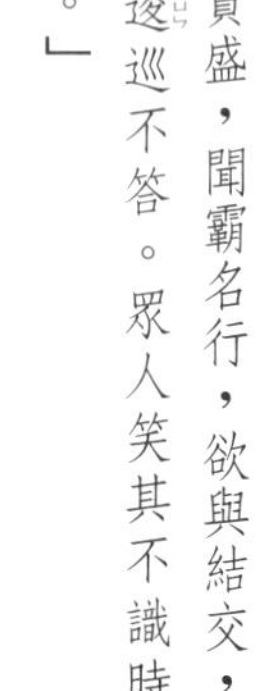《後漢書·張霸傳》：「鄧騭(ㄓˋ)當朝貴盛，聞霸名行，欲與結交，霸逡(ㄑㄩㄣ)巡不答。眾人笑其不識時務。」

造句　所有人都準備應邀，前往社長舉辦的派對，卻只有他拒絕前往，真是不識時務啊。

近義詞　不知進退、不知好歹

反義詞　知情識趣、不主故常

東漢時，有個文人名為張霸，學問過人、孝順父母，屢獲升遷。

張霸的名聲良好，若跟他結交，必定可以提升我的名望。
鄧騭

好傢伙，竟然不理我！
張兄……
此人仗著是皇后的哥哥便為所欲為，我可不願意跟他深交。

張霸真是不識時務，錯過了一個升官機會。

我倒覺得張霸有骨氣。

張霸，東漢人。幼年時就孝順謙讓，也懂得禮節，鄉人稱譽為「張曾子」。七歲就能讀通《春秋》，後來被舉孝廉，時任會(ㄍㄨㄟˋ)稽(ㄐㄧ)太守。後來皇后的哥哥鄧騭聽聞了張霸的名氣，便想與他結交，但張霸並不願意，便被眾人笑他不識時務。

唾手可得

釋義

唾：讀作ㄊㄨㄛˋ。比喻事物很容易得到。

出處

《後漢書．劉虞公孫瓚陶謙列傳．公孫瓚》：「瓚曰：『始天下兵起，我謂唾掌而決。』」

造句

這場比賽我們與對方的實力懸殊，要拿下勝利簡直是唾手可得。

近義詞

易如反掌、探囊取物

反義詞

移山填海、談何容易

好想出國玩啊，在家裡好無聊～

我帶妳去一個地方，走！

附近就有唾手可得的美景，不用出國就可以欣賞。
哇，太美了！

東漢末年，公孫瓚據有冀州，與袁紹對峙，局勢本大有可為。後來公孫瓚卻興起了避世的念頭，打造了一個堡壘。別人問起，他便說：「原本我以為天下唾手可得，然而並非如此，不如退守，等待好時機。」

反璞歸真

釋義 比喻回復原來的自然狀態，也形容返回原有的本性。

出處 漢．劉向《戰國策．齊策四》：「歸真反璞，則終身不辱。」

造句 現代高科技的社會下，人們開始有了反璞歸真，過上愜（ㄑㄧㄝˋ）意的生活追求。

近義詞 洗淨鉛華、繁華落盡

反義詞 矯揉（ㄖㄡˊ）造作、裝模作樣

沒想到你們跑到鄉下定居，還改當農夫。

在外打拚多年，現在只想要簡單生活，反璞歸真。

我們現在很開心。

《戰國策》，由漢朝劉向編訂，但此書的原作者不詳（非一時一地一人之作，因此會有矛盾的情況出現），是中國古代的史學名著。因為內容多記載戰國時期縱橫家的政治主張和策略，因此定名為《戰國策》。

亡羊補牢

釋義 比喻犯錯後及時更正，尚能補救。

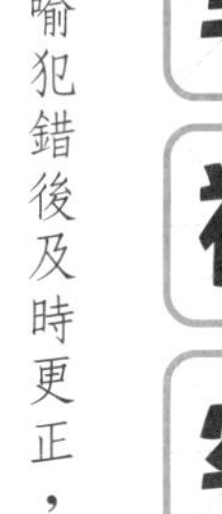

出處 《戰國策．楚策四》：莊辛對曰：「臣聞鄙語曰：『見兔而顧犬，未為晚也；亡羊而補牢，未為遲也。』」

造句 雖然你在這個環節出大錯了，但亡羊補牢還為時不晚。

近義詞 懸崖勒馬、迷途知返

反義詞 知錯不改、執迷不悟

戰國時期，有個人養了一圈羊。但某天卻發現少了一隻。
1、2、3…

原來是這裡有個破洞，狼跑進來把羊叼走了。
你最好趕快把羊圈補好。

然而養羊人不以為意。隔天……
天啊，我的羊又被狼叼走了。

這下狼再也跑不進來了。
亡羊補牢，為時未晚。

戰國時代，楚國大臣莊辛憂心楚襄王沉迷於享樂。他勸諫襄王，但是沒有被採納，後來秦國發兵攻打楚國，襄王才感到後悔。莊辛看見襄王有悔過之心，便說了「亡羊補牢」的故事，後來襄王重新振興楚國。

左支右絀

釋義 絀：讀作ㄔㄨˋ。指力量不足，應付了這方面，另一方面又出了問題。

出處 《戰國策・西周策二》：「我不能教子支左屈右。」

好不容易忙完這個案子，
我們去吃大餐吧！

我這次就不去了，
先走啦！

奇怪，他平時
最愛聚餐的。

因為他這個月花錢不節制，
所以月底就左支右絀了。

造句 你應該要認真理財，才不會每到月底就左支右絀，四處借錢。

近義詞 捉襟見肘 153 、顧此失彼

反義詞 綽有餘裕、左右逢源 028

蘇厲，戰國時代縱橫家。有一次蘇厲聽說秦將白起即將攻打魏國都城大梁，他就決定為西周之君遊說白起。他說：「我不懂左支右絀（射箭方法），但就算射箭百發百中，若不懂得收斂氣息，那麼最後一箭是不容易射準的。」比喻若攻打魏國不成，將功敗垂成。

高枕無憂

釋義 墊高枕頭，無憂無慮地睡覺。形容感到安心，無憂無慮的樣子。

出處 《戰國策．魏策一》：「事秦，則楚韓必不敢動，無楚韓之患，則大王高枕而臥，國必無憂矣。」

造句 她現在努力打拚，規劃好一切生活，就是為了能在將來高枕無憂的老後生活。

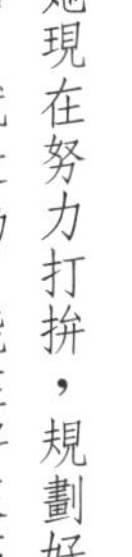

近義詞 安然無事、後顧無憂

反義詞 危在旦夕、忐忑(ㄊㄢˇ ㄊㄜˋ)不安

我的夢想

我的夢想是長大之後開一家公司，然後請非常能幹的員工……

從此以後就等著領退休金，高枕無憂。

現在小朋友的夢想還真是獨樹一幟啊。

馮諼(ㄒㄩㄢ)，戰國人，為齊國孟嘗君門下食客。他幫孟嘗君收債，卻沒帶錢回來，反而把債券燒光，使得人民十分感激。此舉是幫孟嘗君收買人心，他對孟嘗君說：「狡兔有三窟，現在你只有一窟，尚不能高枕無憂。」後來又幫孟嘗君布局獻策。

驚弓之鳥

釋義 比喻曾受打擊或驚嚇，往往稍有動靜就特別害怕的人。

出處 《戰國策．楚策四》：「王曰：『先生何以知之？』對曰：『其飛徐而鳴悲。飛徐者，故瘡痛也；鳴悲者，久失群也。故瘡未息而驚心未至也。聞弦音，引而高飛，故瘡隕也。』」

造句 她曾經被跟蹤尾隨，因此現在稍有動靜，就如同驚弓之鳥，寢食難安。

近義詞 杯弓蛇影、風聲鶴唳（ㄌㄧˋ）139

反義詞 泰然自若、從容不迫

大王，我可以只用弓不用箭，就把天上的飛鳥射下來。

我不相信。

這如何辦到的呢？

因為這隻驚弓之鳥曾經負傷，才會嚇得往上飛高，但導致傷口裂開掉下。

戰國時代，六國決定聯合起來對抗秦國。楚國的春申君打算派臨武君去與秦國交戰。趙國的使者聽聞後則認為不妥，便向春申君說了「驚弓之鳥」的故事，認為臨武君曾被秦國打敗過，內心還存在陰影，所以不適合擔任對抗秦國的主將。

媽媽，我這次考得很好！

好棒啊，你想要什麼獎勵？

我想要去遊樂園玩！
沒問題。

我還想要買電動，然後還有……
你不要得寸進尺喔！

得寸進尺

釋義 指得到一些利益，即想進而獲得更多利益。

出處 《戰國策．秦策三》：「王不如遠交而近攻，得寸則王之寸，得尺亦王之尺也。」

造句 你這次只要有退讓的餘地，他就會得寸進尺，千萬不要再姑息了。

近義詞 貪得無厭、得隴望蜀

反義詞 知足常樂、寸進尺退

戰國末期，七雄爭霸，其中秦國的勢力最強。秦昭王便準備吞併其他六國，以統一天下。謀士范睢提供了遠交近攻的策略，表示一寸一尺的攻打土地，逐漸就能統一天下了。後來演變為成語「得寸進尺」。

圖窮匕見

釋義 匕「見」：讀作ㄒㄧㄢˋ。比喻形跡敗露，真相顯現。

出處 《戰國策・燕策三》：「秦王謂軻曰：『起，取武陽所持圖。』軻既取圖奉之。發圖，圖窮而匕首見。」

造句 他利用職權挪用公款，如今在警方的調查之下終于圖窮匕見，受到法律制裁。

近義詞 原形畢露、東窗事發

反義詞 顯而易見、昭然若揭

戰國末年，燕國的太子丹請荊軻去刺殺秦王。

大王，督亢的地圖在此，向您展現。
匕首！

受死吧！
救命、救命！

拖下去！
世人便以圖窮匕現形容事情敗露，現出眞相。

荊軻，戰國末期衛國人，為史上著名刺客。他受到燕國太子丹之託，準備去刺殺秦王。為了接近秦王，他帶著秦將樊於期的首級、夾有匕首的地圖前去，但最後事敗被殺。

揮汗如雨

釋義　形容天熱出汗多。

出處　《戰國策・齊策一》：「連袵成帷，舉袂成幕，揮汗成雨。」

造句　烈陽下，選手們為了準備來年的比賽，即使揮汗如雨，也努力地進行訓練。

近義詞　汗流浹背、大汗淋漓

反義詞　冰天雪天、滴水成冰

不要整天躺在家裡，快帶皮皮去散步。

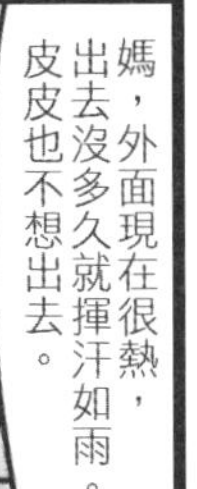
媽，外面現在很熱，出去沒多久就揮汗如雨。皮皮也不想出去。

汪汪！

那就來幫忙打掃！
汪！
好啦……

晏子，春秋時代，齊國相國，能言善辯，非常機智。有一次他出使楚國，而楚王想戲弄他，便故意問他：「齊國都沒人了嗎？」晏子回答：「齊國人多到揮一下汗就如同下雨。」後來演變為成語「揮汗如雨」。

狐假虎威

釋義 比喻藉著有權者的威勢欺壓他人、作威作福。

出處 《戰國策．楚策一》：「虎求百獸而食之，得狐。……虎以為然，故遂與之行。獸見之皆走，虎不知獸畏己而走也，以為畏狐也。」

造句 他因為受主管重用，平日裡便狐假虎威，肆意的對其他人發號司令。

近義詞 仗勢欺人、狐假鴟張

反義詞 鋤強扶弱、行俠仗義

等等！我是天帝派來的領袖，你不能吃我！

你不相信的話，可以走在我後面，看其他動物的反應。
那好吧。

看來這隻小狐狸真的是天帝派來的。

狐假虎威，其實動物們懼怕的是老虎，並非狐狸。

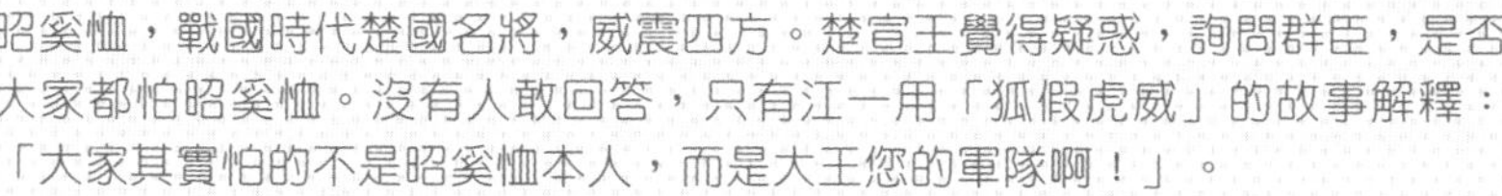

昭奚恤，戰國時代楚國名將，威震四方。楚宣王覺得疑惑，詢問群臣，是否大家都怕昭奚恤。沒有人敢回答，只有江一用「狐假虎威」的故事解釋：「大家其實怕的不是昭奚恤本人，而是大王您的軍隊啊！」。

偃旗息鼓

釋義 偃：讀作ㄧㄢˇ。形容不露行蹤，後亦用以比喻事情中斷或聲勢減弱。

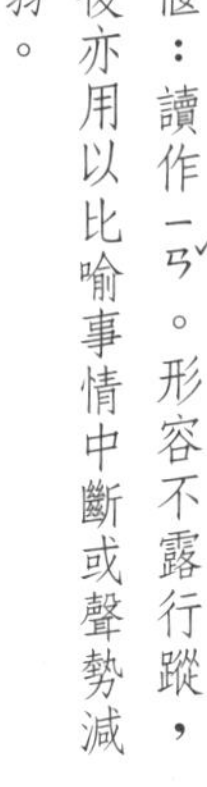

出處 晉·陳壽《三國志·蜀書·趙雲傳》裴松之注引《趙雲別傳》：「雲入營，更大開門，偃旗息鼓，公軍疑雲有伏兵，引去。」

造句 他本來準備競選，沒想到家人卻強力反對，只好偃旗息鼓，宣布退選。

近義詞 消聲匿跡、鳴金收兵 162

反義詞 大張旗鼓、重整旗鼓

三國時期，曹操有次追擊趙雲到營地……
曹軍要攻過來了，關閉大門！
張翼

等等！敞開大門、偃旗息鼓，讓他們進來。
趙雲

這麼安靜，必定有詐，我們趕緊退兵。
曹操

可惡的趙雲！

趙雲，字子龍，三國時代的蜀漢武將。他驍(ㄒㄧㄠ)勇善戰，也擅長用計取勝。他看見曹軍逼近，大膽的下令敞開營門，放倒軍旗，停止戰鼓。使得曹操以為有埋伏而退兵。退兵時反而遭到伏擊，導致傷亡的士兵不計其數。

樂不思蜀

釋義 快樂到一點也不想回去。

出處 《三國志．蜀書．後主傳》注引《漢晉春秋》：「問禪曰：『頗思蜀否？』禪曰：『此間樂，不思蜀。』」

造句 他一去到氣候宜人、風景優美的地方旅遊，便樂不思蜀，不想再回家了。

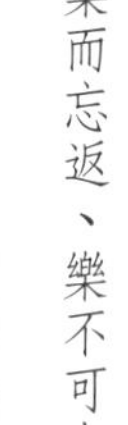
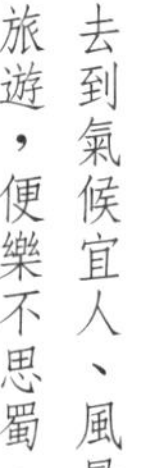

近義詞 樂而忘返、樂不可支

反義詞 黍離之痛、落葉歸根 191

蜀漢亡後，後主劉禪被送往洛陽。

有一天司馬昭設宴招待劉禪。
嗚，這是蜀國的歌舞，好想家……

你不想家嗎？
我在這裡很開心，一點都不想蜀國。

世人便以「樂不思蜀」形容樂而不思家。

劉禪，小名阿斗，三國蜀漢末代皇帝。蜀漢滅亡後，劉禪被封為安樂公，遷往洛陽。在小說《三國演義》中，阿斗不思進取，整天玩樂，即使有名臣輔佐也無濟於事，因此人們以「扶不起的阿斗」來形容無法扶持成才的人。

出言不遜

釋義　遜：讀作ㄒㄩㄣˋ，謙遜。形容人說話傲慢、不客氣。

出處　《三國志・魏書・張郃傳》：「郃快軍敗，出言不遜。」

造句　他不願意配合臨檢之外，還對執法人員出言不遜，罪加一等。

近義詞　出言無狀、口出惡言

反義詞　言謙語遜、彬彬有禮

媽，弟弟做錯什麼事情了？

他仗著阿嬤平常寵他，竟然就出言不遜。

弟弟，你要跟阿嬤好好道歉。

張郃ㄏㄜˊ，三國時期曹魏名將。他一開始是歸附於袁紹，然而官渡之戰時，袁紹採用郭圖的計策卻大敗。郭圖為了推卸責任，反而陷害張郃，說他因為袁軍失敗而感到高興，出言不遜。使得張郃憤而投奔曹操。

如魚得水

釋義　像魚得到水一樣的自在悠閒。形容有了志同道合的人，或是指到了適合自己的環境，能夠盡情發揮所長。

出處　《三國誌．蜀書．諸葛亮傳》：「孤之有孔明，猶魚之有水也。」

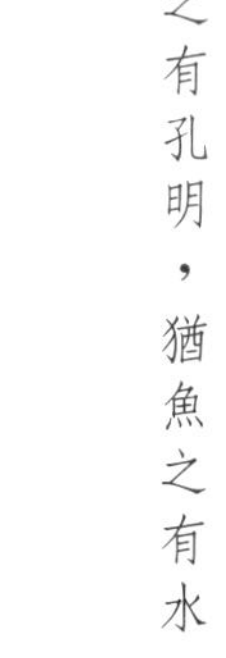

造句　她喜愛繪畫，如今被分派在美術部門，簡直如魚得水，得以一展長才。

近義詞　如虎添翼、意氣相投

反義詞　格格不入、龍困淺灘

今天諸葛先生可在？
先生今日在家。
敢問先生，現在天下大亂，您認為有什麼辦法呢？
自董卓獨掌大權以來……
大哥對此人未免也太過看重。
我有了孔明，如魚得水，希望你們不要再說這種話。

三國時代，劉備為了請出諸葛亮，三顧茅廬才打動了他。兩人見面後，劉備請教了許多治理國家的方法。諸葛亮說了三個計策，也是有名的《隆中對》。讓劉備非常高興，覺得如魚得水。

體無完膚

釋義

形容受傷慘重，全身都是傷痕。也用以比喻遭人批評、駁斥得一無是處。

出處

《三國志・魏書・鄧艾傳》「子忠與艾俱死」裴松之注引《世語》：「師纂亦與艾俱死……死之日體無完皮。」

造句

她將自己的生活分享在網路上，卻無故被網友的言語攻擊到體無完膚，令她很是難過。

近義詞

皮開肉綻、遍體鱗傷

反義詞

安然無恙、完美無缺

唉，我真的這麼差嗎？什麼都做不好……

發生什麼事情？
他的企劃又被推翻了，已經是第五次了。

不僅如此，社長還把他批評的一無是處、體無完膚。

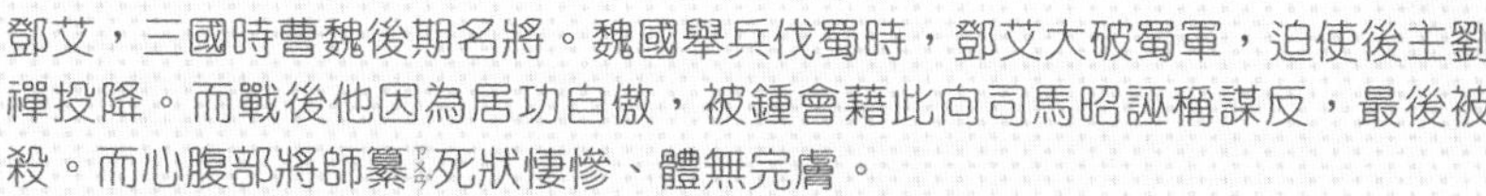

鄧艾，三國時曹魏後期名將。魏國舉兵伐蜀時，鄧艾大破蜀軍，迫使後主劉禪投降。而戰後他因為居功自傲，被鍾會藉此向司馬昭誣稱謀反，最後被殺。而心腹部將師纂死狀悽慘、體無完膚。

魂不守舍

釋義 比喻心神恍惚（ㄏㄨㄤˇ ㄏㄨ）不定。

出處 《三國志．管輅傳》裴松之注引《輅別傳》：「何之視侯，則魂不守宅，血不華色，精爽煙浮，容若槁木，謂之鬼幽。」

造句 他接到一通電話後，整天魂不守舍的，不曉得到底發生什麼事。

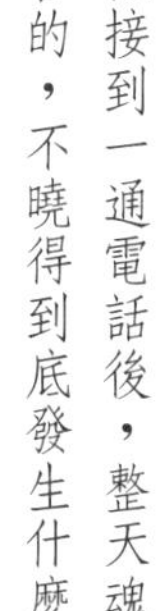

近義詞 六神無主、失魂落魄

反義詞 聚精會神、全神貫注

超級～超級～可愛的。

他怎麼一副魂不守舍的樣子，發生什麼事？

他最近都這樣，整個被迷住了。
被誰迷住？

你看，可愛吧！

管輅（ㄌㄨˋ），三國時代魏國人，以卜筮成名。在小說《三國演義》中被塑造成「神卜」，還被曹操召去占卜定軍山之戰，並預測到夏侯淵戰死，魯肅病死，許昌火災等等之事，無不應驗。但正史中的管輅此時只有八歲。

請填妥後對折裝訂，直接投郵即可，免貼郵票。

請貼上8元郵票

晨星出版有限公司

407 台中市工業區30路1號

TEL：（04）23595820

e-mail：service@morningstar.com.tw

請對摺裝訂後寄出

姓　　名：________________

e-mail：________________

地　　址：□□□ ______縣／市______鄉／鎮／市／區 ______路／街

______段______巷______弄______號______樓／室

電　　話：________________

我要收到蘋果文庫最新消息　□要　□不要

我要成為晨星出版官網會員　□要　□不要

我是 口女生 口男生 生日：＿＿＿＿＿＿＿＿

購買書名：＿＿＿＿＿＿＿＿＿＿＿＿＿＿＿＿

請寫下您對此書的心得與感想：

□我同意小編分享我的心得與感想至晨星出版蘋果文庫討論區。

（本社承諾絕不會將您的個人資料外流或非法利用。）

貓戰士鐵製鉛筆盒抽獎活動

請將書條摺口的蘋果文庫點數黏貼於此，集滿3顆蘋果後寄回，就有機會獲得晨星出版獨家設計「貓戰士鐵製鉛筆盒」乙個！

點數黏貼處

1

2

3

活動詳情 http://www.morningstar.com.tw

開誠布公

釋義 比喻誠意待人，坦白無私。

出處 《三國志・蜀志・諸葛亮傳・評》：「諸葛亮之為相國也，撫百姓，示儀軌，約官職，從權制，開誠心，布公道。」

造句 他們對彼此誤解很深，就趁著這次機會開誠布公，好好的談一談。

近義詞 肝膽相照、推心置腹

反義詞 明爭暗鬥、虛情假意

三國蜀漢，諸葛亮為人處世公正合理，不徇私情。

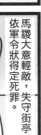

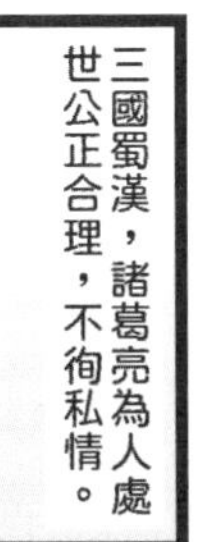

馬謖大意輕敵，失守街亭，依軍令狀得定死罪。
馬謖

丞相待我如子，我犯錯受罰毫無怨恨，但希望能照顧我的兒子。

我也需要負責，希望往後你們能坦率批評我的缺點與錯誤。
後人便說諸葛亮開誠布公，是人人稱頌的大賢臣。

正史《三國志》非常推崇諸葛亮開誠布公的為人，而在小說《三國演義》中，諸葛亮極為賞識馬謖[ㄙㄨˋ]，所以在北伐時，派馬謖去守重要的街亭。然而馬謖卻驕傲輕敵，最後被曹魏名將張郃領兵打敗。失去街亭，導致諸葛亮必須退回漢中，便有了「揮淚斬馬謖」的事情。

老生常談

釋義 比喻時常聽到，了無新意的老話。

出處 《三國志．魏書．方技傳．管輅》：「鄧颺怒曰：『此老生之常談耳。』」

造句 看到你每天日夜顛倒，生活作息不正常，我不免要老生常談，告訴你養生的重要。

近義詞 千篇一律、老調重彈

反義詞 別出心裁 257、聞所未聞

妳臉色很蒼白，身體不舒服嗎？
老毛病了，有一點胃痛。

喝一點溫開水。
謝謝，一會就沒事了。

我不免要老生常談，平時要注意生活作息，不要吃刺激食品，顧好自己的身體。

三國時代，管輅有一次被吏部尚書何晏請去占卜，當時尚書鄧颺也在場。何晏請管輅算算自己有沒有位列三公高位的機會，而管輅告訴他，只要依循著聖賢的作為就能升遷。一旁的鄧颺不以為然的說這些只是老生常談。

顧名思義

釋義 看到名稱，就聯想到它的含義。

出處 《三國志．魏書．徐胡二王傳．王昶》：「欲使汝曹立身行己，遵儒者之教，履道家之言，故以玄默沖虛為名，欲使汝曹顧名思義，不敢違越也。」

造句 我們這次要去的茶壺山，顧名思義，其山型有如茶壺，因而得名。

近義詞 望文生義、循名責實

各位旅客，我們前方就是龜山島。

顧名思義，龜山島就是外型如烏龜的火山島……

快拍快拍，好可愛啊！

王昶，三國時魏國武將。他替自己的姪子與兒子取名時，分別以「玄、默、沖、虛」四字來命名。並且寫了一篇文章，希望他們看到自己的名字就能提醒自己遵循儒家的義理，實踐道家思想的智慧。後來演變為成語「顧名思義」。

嚴陣以待

釋義 指做好充分戰鬥準備，等待著敵人。

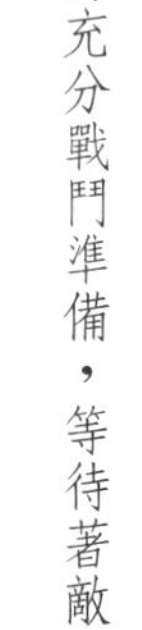

出處 宋・司馬光《資治通鑑・光武帝建武三年》：「甲辰，帝親勒六軍，嚴陣以待之。」

造句 聽聞超巨大颶風即將來襲，全體國民均嚴陣以待，防範未然。

近義詞 秣馬厲兵、枕戈待旦

反義詞 掉以輕心、潰不成軍

啊啊啊——！

發生什麼事了？

準備好了嗎？
嚴陣以待，隨時行動。

殺個蟑螂有必要這麼誇張嗎？

新莽末年，各地紛紛起義，綠林、赤眉等多支農民軍起義。赤眉軍之名來自於因起事者將眉毛染紅，以表示非政府軍。後來的漢光武帝劉秀則加入了綠林軍，嚴陣以待，最後掃平了赤眉軍，一統天下。

自投羅網

釋義 比喻落入他人圈套或自取禍害。

出處 《資治通鑑．唐懿宗咸通九年》：「丈夫與其自投網羅，為天下笑，曷若相與戮力同心，赴蹈湯火，豈徒脫禍，兼富貴可求。」三國魏．曹植《野田黃雀行》詩：「不見籬間雀，見鷂自投羅。」

造句 警方已經摸清了通緝犯的逃亡路線，現在就等他自投羅網了。

近義詞 自掘墳墓、束手就擒

反義詞 死裡逃生、逃之夭夭

我的天啊！

你現在出來的話，我就原諒你。

我就不相信你能抵抗。

啊哈，就等你自投羅網了！

「自投羅網」的另一則典故來自曹植，他自小才華洋溢，很得曹操喜愛。他被曹丕數次迫害，好友被牽連殺害。曹植因為無力營救，便悲憤的寫了一首詩，說溫馴的黃雀一看見鷂鷹，便嚇得自投羅網，但還好被少年破網救助。無奈自己連那名少年都不如。

身先士卒

釋義 作戰時將（ㄐㄧㄤˋ）帥奮勇殺敵於士兵之前。或比喻領導、帶頭走在眾人之前。

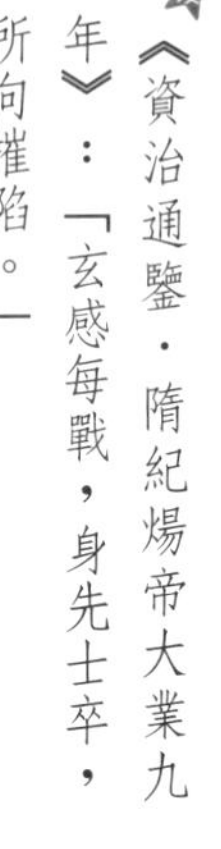

出處 《資治通鑑．隋紀煬帝大業九年》：「玄感每戰，身先士卒，所向摧陷。」

造句 身為公司的決策人，如果無法身先士卒，如何指望員工們一起並肩作戰。

近義詞 一馬當先、以身作則

反義詞 畏首畏尾、臨陣脫逃

隋朝末年，有一位武將名叫楊玄感，是隋開國功臣楊素之子。

當今皇上多疑，逼死父親，也許還會對楊家趕盡殺絕，我們必須先行動推翻他！

兄弟們，跟我來！衝！

楊玄感力大無窮，每次戰役都身先士卒，被人們比做項羽。

楊玄感，隋朝大臣，其父楊素為隋朝著名將相。他喜好讀書，擅長騎射，跟著隋煬帝征討四方。因為聲名遠播，漸漸的被隋煬帝猜忌。感到不安的楊玄感乾脆策劃謀反，然而卻大敗。

為所欲為

釋義 本指做自己想做的事。後用來形容任性的想做什麼就做什麼。

出處 《資治通鑑．周紀威烈王二十三年》：「子乃為所欲為，顧不易耶？何乃自苦如此？求以報仇，不亦難乎？」

造句 他仗著有親戚在這家公司擔任主管，便為所欲為，令人生厭。

近義詞 隨心所欲、肆無忌憚 038

反義詞 謹小慎微、循規蹈矩

我要玩這個！

這個只有我能玩！
你們都要聽我的。

玩具是要共享的，
也要輪流使用。
可是我在家都是這樣。

每個地方都有規矩，
不可以為所欲為。
好吧。

豫讓，春秋晉國智伯的家臣。在智伯被殺之後，豫讓為了報恩，多次行刺主謀者趙襄子。朋友勸他不如成為趙襄子的親信，到時自然可以為所欲為，豫讓卻不肯如此行事。之後行刺失敗便自殺，留下了「士為知己者死」絕唱。

桃李滿門

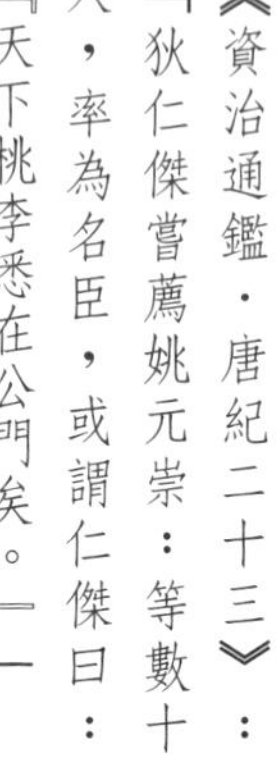

釋義 形容學生很多，遍布各地。又稱「桃李滿天下」。

出處 《資治通鑑．唐紀二十三》：「狄仁傑嘗薦姚元崇：等數十人，率為名臣，或謂仁傑曰：『天下桃李悉在公門矣。』」

造句 他從事教職已經幾十年了，可以說是桃李滿門。

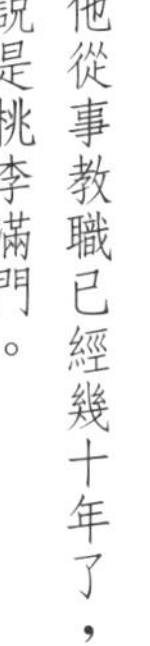

近義詞 作育英才、傳道授業

反義詞 引入歧途

武則天
狄仁傑
狄大人，你認為誰可以出任宰相呢？
張柬之很適合。

狄大人，你認為還有什麼人才呢？
還有姚元崇……

狄大人舉薦的人才都是出自您的門下，真是桃李滿門啊！
我舉薦人才是為了國家，並非個人私慾！

狄仁傑，為唐朝、武周時的著名宰相，為人公正廉潔。先後舉薦了許多官員，後來都為唐朝中興之臣，朝中政風為之一變。有人對他說：「天下的治國賢才都出自於您的門下啊！」為「桃李滿天下」的由來。

鑄成大錯

釋義 鑄：讀作ㄓㄨˋ。指造成嚴重的錯誤。

出處 《資治通鑑・昭宗天佑三年》：「合六州四十三縣鐵，不能為此錯也。」

造句 只要是關於安全的事情，就得謹慎小心，不然等到鑄成大錯就太晚了。

近義詞 釀下大禍、大錯特錯

反義詞 痛改前非、洗心革面 053

CLUB

你喝得這麼醉，不能自己開車！

沒事啦～我很清醒。
不行，酒後開車是犯法的，我不能讓你鑄成大錯。

抱歉，我確實不應該這樣。

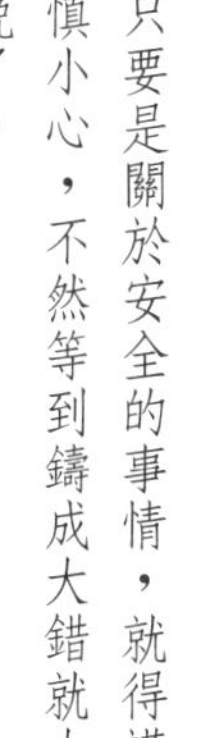

唐朝末年，節度使羅紹請朱全忠的軍隊討伐牙軍，但戰勝之後，朱全忠不但不走，還時常索要物資。羅紹威後悔不已的說：「集合六州四十三縣的鐵，也不能鑄成如此大的銼刀。」表示無法滿足朱全忠的要求，也後悔向他求助。後來演變為成語「鑄成大錯」。

不露聲色

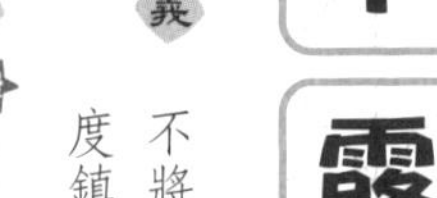

釋義 不將內心感情流露出來，形容態度鎮靜的樣子。

出處 《資治通鑑．唐玄宗開元二十四年》：「好以甘言啗人，而陰中傷之，不露辭色。」

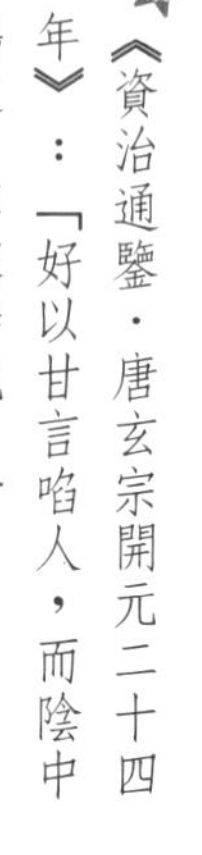

造句 聽聞噩耗傳來，他面無表情、不露聲色，但其實緊握的手，顯示出他的焦急。

近義詞 面無表情、坦然自若

反義詞 喜形於色、溢於言表

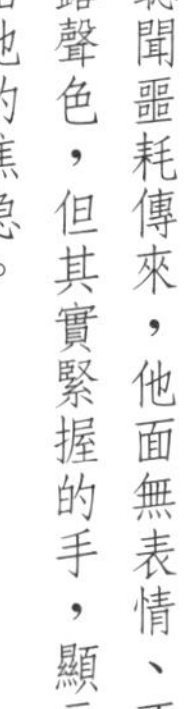

唐玄宗
張九齡
朕想任用李林甫為宰相。
陛下今日若以李林甫為相，他日恐怕國無寧日了！

朕心意已決，他最適合了！
唉……

聽說張九齡曾經反對我當宰相，我絕對要讓他知道得罪我的後果。

史書記載李林甫城府極深，不露聲色，別人猜不出他的心思。

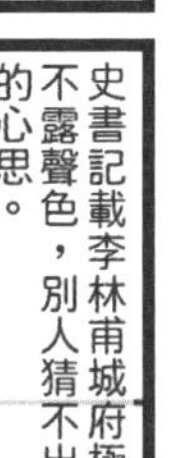

李林甫，唐朝權臣。自唐玄宗年間便出任宰相，一共當了十九年。任相期間主要整頓了冗官的情形，還有改革地方財政。後來得罪了唐肅宗，也與楊國忠不和，導致身後聲名狼藉，在史書上多為奸臣的負面形象。

重見天日

釋義

被拘禁的人重新見到光明，獲得自由。後也指幽藏的事物重見於世，或用以比喻冤屈得到伸張。

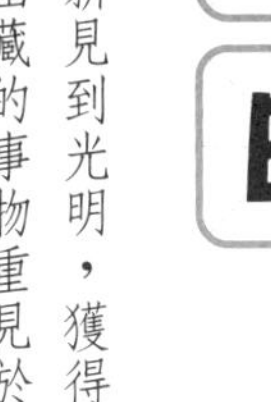
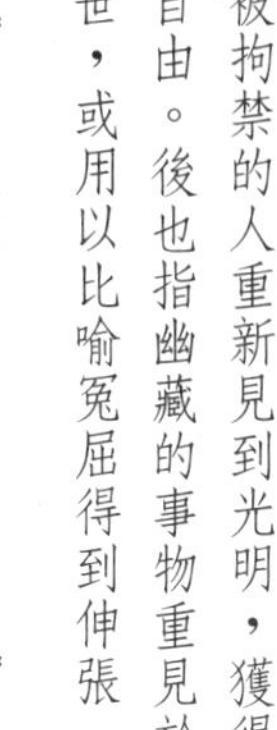

出處

《資治通鑑．中宗神龍元年》：「異時幸復見天日，當惟卿所欲，不相禁制。」

造句

這件古物埋藏地底幾百年，在考古學家的挖掘下，今天終於得以重見天日。

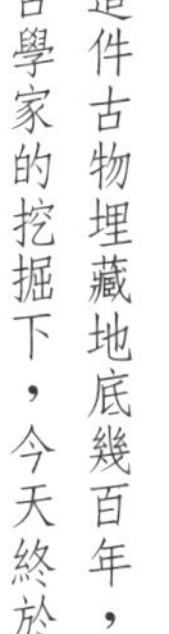
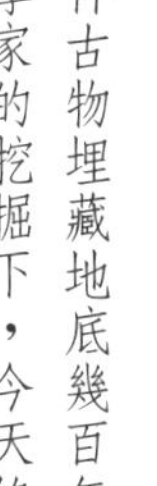

近義詞

脫離苦海、公諸於世

反義詞

不見天日、身陷囹圄

News!
半世紀以來最嚴重的乾旱，使得湖水水位降下，也因此有了新的發現……

News!
考古工作隊在此地發現了遺跡與文物。現在連線現場人員。

正好因此次湖水下降，遺址才能重見天日。

初步判定是新石器時代遺址，我們會保握時間轉移這些文物。

唐朝時，武則天專政，將唐中宗廢為盧陵王，貶至房州。中宗在幽禁期間，所幸有韋氏相伴。中宗對她許諾：「若有一天可以重獲自由，妳可以提任何的要求。」後來演變為成語「重見天日」。

堅定不移

釋義　專一固定，毫不動搖。

出處　《資治通鑑．文宗開成五年》：「陛下誠能慎擇賢才以為宰相，……推心委任，堅定不移，則天下何憂不理哉！」

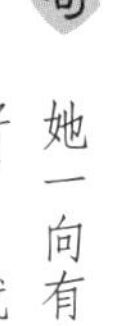

造句　她一向有自己的主張，只要決定好了，就會堅定不移的執行。

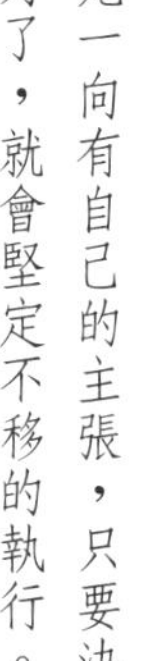

近義詞　堅韌不拔、百折不回

反義詞　舉棋不定、優柔寡斷

不好意思，打擾了。
哪裡哪裡，請進。

說起來好久沒看到你女兒，她現在已經當上太空人了？

對阿，她從小就堅定不移，立志當太空人，經過多年努力，總算成功了。

太厲害了，相比之下我兒子就無所事事。
兒孫自有兒孫福。來喝喝茶。

「堅定不移」與晚唐名臣李德裕有關，他歷經自唐德宗至唐宣宗共八朝，致力於推動許多革新朝政，曾上書給皇帝表明，自己將堅定不移的支持這些改革政策。

勢如破竹

釋義 比喻工作或是做事，毫無阻礙的順利進行。

出處 唐・房玄齡等人合著《晉書・杜預傳》：「今兵威已振，譬如破竹，數節之後，皆迎刃而解。」

造句 這場比賽，我方的狀態絕佳，勢如破竹的取得連勝。

近義詞 勢不可當、所向披靡

反義詞 節節敗退、潰不成軍

西晉初，蜀漢滅亡，孫吳偏安江東。於是晉武帝派杜預為鎮南大將軍統軍攻打。

戰事進展順利，我們應該趁勝追擊。
現在是雨季又炎熱，行軍不易，還是等到冬天更好。

我軍現在士氣旺盛，勢如破竹，不會花費太多力氣的。
就依將軍所言。

此後節節勝利，吳國滅亡，晉武帝統一天下。
晉

杜預，西晉名將，加上學識淵博，被稱為「杜武庫」，形容如武器庫，樣樣都具備。蜀漢滅亡後，晉武帝派杜預攻打偏安江東的孫吳。戰事節節勝利，因此才有了「勢如破竹」的由來，還有成語「迎刃而解」也出自此事件。

如坐針氈

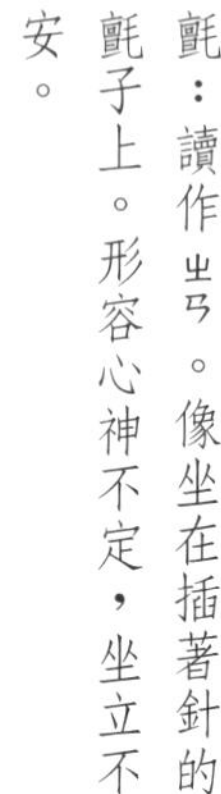

釋義 氈：讀作ㄓㄢ。像坐在插著針的氈子上。形容心神不定，坐立不安。

出處 《晉書・杜錫傳》：「累遷太子中舍人。性亮直忠烈，屢諫愍懷太子，言辭懇切，太子患之。後置針著錫常所坐處氈中，刺之流血。」

造句 他第一次上門拜訪女朋友的家人，面對各種提問，如坐針氈。

近義詞 芒刺在背 090、惴ㄓㄨㄟˋ惴ㄓㄨㄟˋ不安

反義詞 氣定神閒、泰然自若

晉朝時，杜錫為大將軍杜預的兒子，他是忠誠正直的人，被指派教導太子。

太子，不可貪玩，需要多努力讀書。

杜錫實在好煩，我要給他一點教訓！

唉，坐也不是，不坐也不是。
世人便以如坐針氈形容難以安坐，心神不定。

杜錫，西晉尚書左丞，為名將杜預之子。為人忠誠正直，被派到愍ㄇㄧㄣˇ懷太子身邊，照顧他的生活起居。因為時常勸戒散漫的太子，使得太子對他心生厭煩，才有了後來的「如坐針氈」一事。

束之高閣

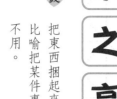

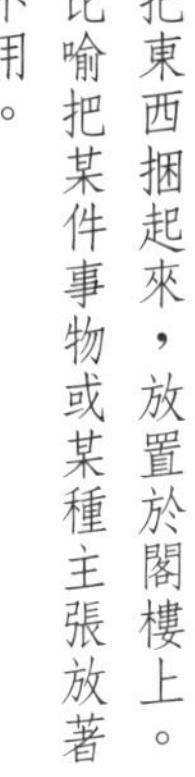

釋義　把東西捆起來，放置於閣樓上。比喻把某件事物或某種主張放著不用。

出處（漫）《晉書．庾翼傳》：「此輩宜束之高閣，俟天下太平，然後議其任耳。」

造句　她曾經想學習彈吉他，然而花了大錢買回來後，卻只是束之高閣。

近義詞　置之腦後、秋扇見捐（ㄐㄩㄢ）

反義詞　物盡其用、付諸實施

東晉時，有一位將軍名叫庾翼，奉旨駐守於武昌，治理良好。

大人，杜宏和殷浩是當世有名的辯才，何不找這兩人來做官呢？

他們倆個根本徒有虛名，應該束之高閣，等天下太平後，我才會考慮任用。

呃……

庾翼，東晉將領，但書法亦有造詣（ㄧˋ），擅長草隸，當時評價他的書法能與王羲之一較高下。在軍事方面，他鎮守武昌等地，抵禦了來自北方的侵略，讓東晉得以偏安江南。

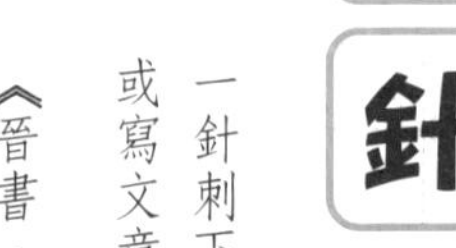

一針見血

釋義

一針刺下去就見到血，形容說話或寫文章切中要害。

出處

《晉書．陶侃列傳》：「侃以針決之見血，灑壁而為『公』字。以紙裛手，『公』字愈明。」

造句

專家在視察公司狀況後，一針見血的指出冗員、無效率的流程，期盼能改善虧損的狀況。

近義詞

一語破的、一語道破

反義詞

不著邊際、隔靴搔癢

公司決定要標下這項案子，大家有沒有什麼想法？
社長這個決定好！
社長，公司目前根本沒有這個能力，而且……
哇！也只有她敢一針見血點出公司問題。
好霸氣喔！

陶侃，東晉名臣，以清廉著稱。相傳有一個看相的人，說陶侃左手中指有一條垂直的指紋，表示將來的地位很高，會得到「公」的爵位。他就用針刺破手指，鮮血噴灑到牆壁上，居然形成了一個「公」字。

風聲鶴唳

釋義 唳：讀作ㄌㄧˋ，鶴叫聲。聽到風聲和鶴叫聲，都疑心敵兵追來，形容非常驚慌疑懼。

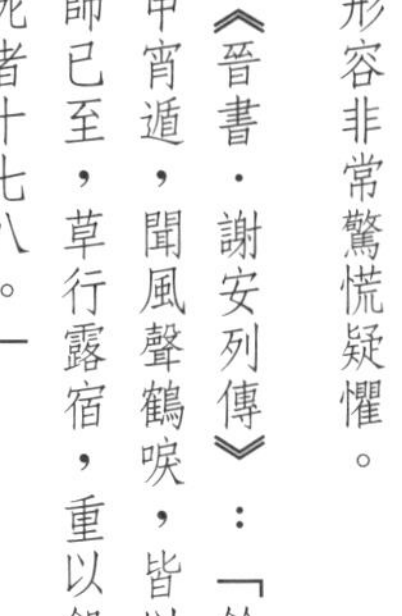

出處 《晉書．謝安列傳》：「餘眾棄甲宵遁，聞風聲鶴唳，皆以為王師已至，草行露宿，重以飢凍，死者十七八。」

造句 一聽到通緝犯逃到這附近，一時間大家便風聲鶴唳，人人自危。

近義詞 草木皆兵、疑神疑鬼

反義詞 神色自若、氣定神閒

前幾天新聞報導有女性被襲擊……

該不會我被壞人盯上了。

救命！救命！
是我啦，我出來接妳。

嚇死我了。
有警覺心很好，但風聲鶴唳，反而不能冷靜應對。

十六國時期前秦的君主苻堅想要征服中原，便率領著大軍攻打東晉。東晉則派大將謝玄抗敵，他以奇招讓苻堅的軍隊潰敗。將士們一路上逃亡，一聽到風聲、鶴鳴就以為追兵來了。而此戰也是歷史上著名的「肥水之戰」。

孤注一擲

釋義

擲：讀作ㄓˊ。賭博時將所有資本下注。比喻危急情況時，投入了最後的力量來冒險。

出處

《晉書．何無忌傳》：「劉毅家無擔石之儲，樗（ㄕㄨ）蒲一擲百萬。」

造句

他為了一次翻本，將所有的積蓄當做賭注，這樣孤注一擲的行為實在太冒險了。

近義詞

全力一搏、鋌而走險

反義詞

穩紮穩打、瞻前顧後 211

宋真宗
寇準
王欽
遼軍入侵，愛卿們，快想想辦法。
我們乾脆還是求和吧。

不妥，我們應該抗戰到底，並請皇上親征，以振士氣。
真是個討厭鬼！

還好上次聽了寇準的建議，朕御駕親征，大獲全勝。
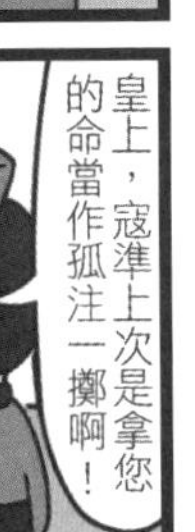

皇上，寇準上次是拿您的命當作孤注一擲啊！
還好我沒死，可惡的寇準。

寇準，北宋名相。當遼國入侵宋朝國土時，朝廷中紛紛提議遷都避難，但寇準卻力勸宋真宗御駕親征。後宋遼雙方訂立「澶（ㄔㄢˊ）淵之盟」，約定宋、遼為兄弟之國，以白溝河為界，建立對等的外交關係。

直言不諱

釋義　諱：讀作ㄏㄨㄟˋ。說話坦率，毫無顧忌的樣子。

出處　《晉書．劉隗傳》：「臣鑒先征，竊惟今事，是以敢肆狂瞽（ㄍㄨˇ），直言無諱。」

造句　若是看到我有做的不妥之處，請直言不諱指出來。

近義詞　心直口快、單刀直入

反義詞　隱晦（ㄏㄨㄟˋ）曲折、旁敲側擊 260

……
……

你們是在講我嗎？有什麼事情就直言不諱，不要背後說人。

呃、那個、你拉鍊沒拉好……

啊啊啊啊啊，好丟臉！

劉隗，東晉大臣。為人剛正，不畏權貴，只要遇到不對的事情，便會勇於上書彈劾（ㄏㄜˊ），並且直言不諱。晉元帝重用劉隗等人，希望借助他壓制權臣王敦。後來王敦發動叛亂，攻占建康，劉隗被迫投奔石勒。

洛陽紙貴

釋義 比喻作品有價值，流傳廣。

出處 《晉書．左思傳》：「於是豪貴之家競相傳寫，洛陽為之紙貴。」

造句 他的新書只要一出版，必定是洛陽紙貴，人們爭相購買。

近義詞 絕妙好辭、字字珠璣

反義詞 乏人問津、陳腔濫調

西晉大文學家左思在成名前無人知曉，花了十年構思《三都賦》卻不被重視。

皇甫謐是大文學家，我去請教他，我哪裡寫得不好。

你寫得實在太好了！我來為你寫序。
謝謝皇甫先生。

一時間，大家競相爭抄《三都賦》，使得紙張供不應求，洛陽紙貴。

西晉大文學家左思，文筆出衆，對於寫作也十分用心。他花了十年寫成〈三都賦〉，一開始不受重視，直到許多文人學者推薦，這個作品才在京城洛陽流傳開來，人們競相抄錄，導致洛陽的紙價上漲。後來演變為成語「洛陽紙貴」。

鹿死誰手

釋義 鹿：為古代狩獵之主獵物，比喻政權。本比喻誰能奪得天下。後多用於競爭比賽，誰能獲勝。

出處 《晉書．石勒載記下》：「朕若逢高皇，當北面而事之，與韓、彭鞭而爭先耳；脫遇光武，當並驅于中原，未知鹿死誰手。」

造句 雙方隊伍的分數差距很小，不到最後都不知道鹿死誰手。

近義詞 花落誰家、一決勝負

反義詞 和衷共濟、和平共處

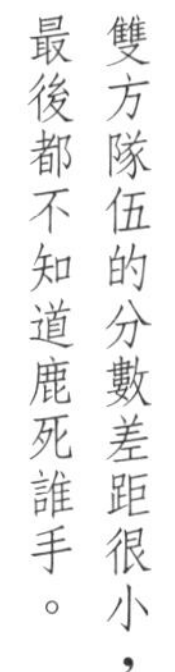

兩位選手目前比數呈現拉鋸，依你看，誰最有可能勝出。

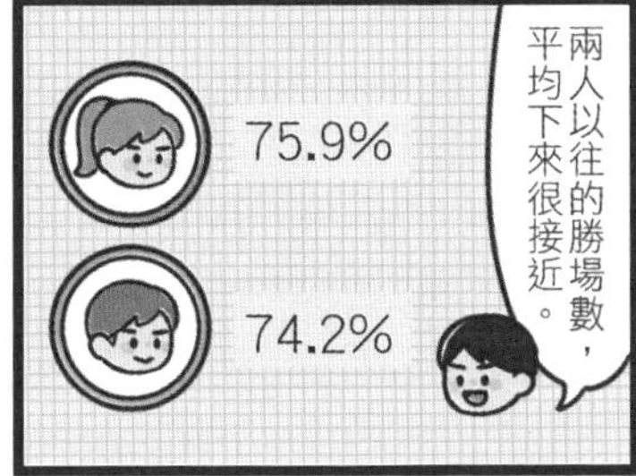
75.9%
74.2%
兩人以往的勝場數，平均下來很接近。

兩位勢均力敵，因此不到最後一刻不知鹿死誰手。

石勒，十六國時期後趙的建立者。曾經有外使來訪，並稱頌沒有皇帝比得上他，石勒說：「若是遇到劉邦，我一定心甘情願做他的部下。但若是遇到劉秀，那就要跟他較量高低，不知鹿死誰手呢！」

功成不居

釋義 建立了功勞而不歸功於自己。

出處 《老子》：「生而不有，為而不恃，功成而弗居。」

造句 她發明了造福人類的科技，卻功成不居，受到大家的愛戴。

近義詞 淡泊名利、寵辱不驚

反義詞 居功自傲、好大喜功

爺爺，你在看的這本書是在講誰呢？

張良是幫助劉邦建立漢朝的開國大臣……
張良傳

此後劉邦統一天下，張良功成不居，隱居到鄉下了。

老子，姓李，名耳或貞，春秋時代思想家。其著作被人稱為《道德經》，為道家的經典。他認為喜歡誇耀自身功勞的人，往往會引起反感，導致抹殺了自身的功績。反之，功成不居的人，人們才會對他的功績永誌不忘。

根深蒂固

釋義 原作「深根蒂固」。形容基礎牢固，不易動搖。

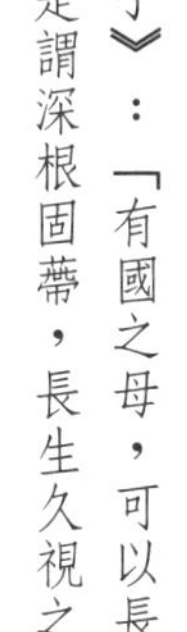
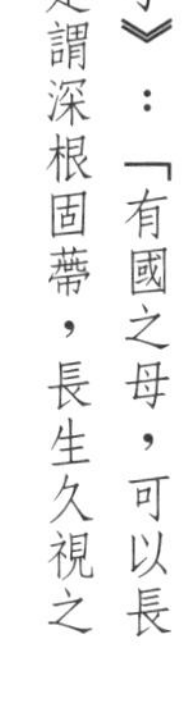

出處 《老子》：「有國之母，可以長久，是謂深根固蒂，長生久視之道。」

造句 這個傳統在此已然根深蒂固，很難在短時間內消除。

近義詞 盤根錯節 100 、根基深厚

反義詞 搖搖欲墜、根基淺薄

好久沒回來了，快吃飯。

你們結婚也有一陣子了，要趕快生小孩。

奶奶，我們沒計畫要生小孩。
那不行！以後老了怎麼辦。

奶奶的傳統觀念根深蒂固，妳不要太在意。
沒事。

老子認為，國家要發展的長久，就是要愛護百姓，休養生息，長期下來就是積累「德」。如此一來，累積下來的德就如同根扎得很深，基礎打得很牢固。後來演變為成語「根深蒂固」。

視而不見

釋義 睜著眼卻沒看見。也指不理睬，看見了當作沒看見。

出處 《老子》：「視之不見名曰夷，聽之不聞名曰希。」

這麼晚了，怎麼不先睡？
JUN 30

對我視而不見，我哪裡做錯了？
JUN 30

到底怎麼了？

你還記得今天是什麼日子嗎？
完蛋了，完全忘了結婚紀念日。
JUN 30

造句 前方發生車禍，然而許多路人卻都視而不見，冷漠地離去。

近義詞 視若無睹、置若罔聞

反義詞 願聞其詳、洗耳恭聽 244

老子在解釋「大道」時，說它是沒有顏色，所以看不見，稱作「夷」；沒有聲音，聽也聽不到的狀態，稱作「希」；大道沒有形跡，無法取得，稱作「微」。這三者無法深究探索，最後還是回到空無一物的原點。

自知之明

釋義 指瞭解自己的情況，對自己有正確的估計。

出處 《老子》：「知人者智也，自知者明也。」

造句 我很感謝你的推薦，但我有自知之明，現在的我還無法勝(ㄕㄥ)任此職位。

近義詞 量(ㄌㄧㄤˊ)力而行、自慚形穢(ㄏㄨㄟˋ) 220

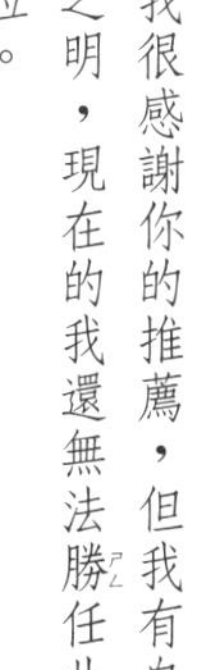

反義詞 自命不凡、不自量力

公司有個新項目很重要，需要到國外進行會議，有誰能代表公司去呢？

我覺得你很適合。
我不行的。

你就別謙虛了！
我不是謙虛，而是有自知之明，現在的我實力還不夠。

反而是她最有實力，卻被忽略了！

老子認為能夠察言觀色，分辨賢愚善惡，就是個有智慧的人；但只有發自內心反省、認識自己的人，才是有明德的人。後來演變為成語「自知之明」。

上善若水

釋義　形容品德至高的像水一樣，澤被(ㄆㄧ)萬物而不爭名利。

出處　《老子》：「上善若水，水善利萬物而不爭，處眾人之所惡，故幾於道。」

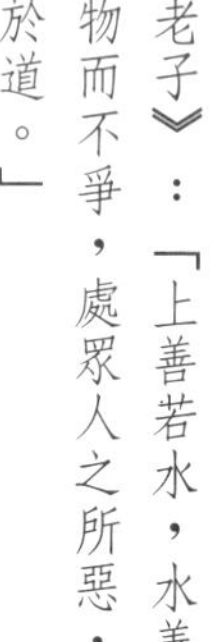

造句　他一直以來都忙於公益，認為「上善若水，厚德載物」，所以能夠承擔更大的責任和能力是很幸福的事。

近義詞　有容乃大、厚德載物

反義詞　小雞肚腸、錙(ㄗ)銖必較 164

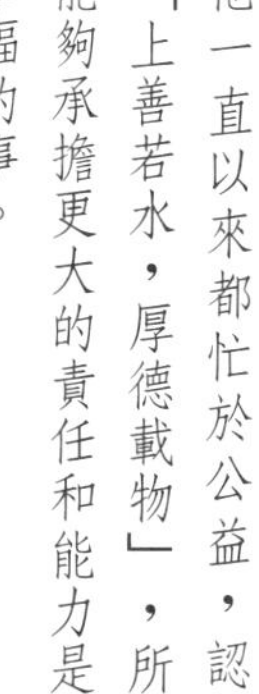

好久不見。
歡迎、歡迎。孫子都這麼大啦！

上善若水
爺爺，上善若水是什麼意思啊？

上善若水
這是指人的品行如水，像是與世無爭的聖人。
哇，聽起來很厲害。

哪裡哪裡，是大家過譽了。

「上善若水」為老子用來比喻有品德的人，他認為水有三項特性：一是滋養萬物，有益於眾生；二是柔順無形，不與他人爭；三位順下而流，表示謙卑自處。

大器晚成

釋義

年少時表現平凡，但經過長期的鍛煉，待到年紀大時才有成就。引申以指傑出的人才，成就來得比常人還要晚。

出處

《老子》：「大方無隅，大器晚成。」

造句

他從少年時期便一直寫作，始終默默無名，如今獲獎，可說是大器晚成。

近義詞

大才晚成

反義詞

小時了了（ㄌㄧㄠˇ ㄌㄧㄠˇ）、少年得志

唉…

發生什麼事情了？
我又被退稿了。

不要灰心，也不要輕易放棄，村上春樹二十九歲才開始寫作，大器晚成，不急於一時。

我知道了，我要繼續努力！

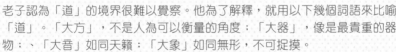

老子認為「道」的境界很難以覺察。他為了解釋，就用以下幾個詞語來比喻「道」。「大方」，不是人為可以衡量的角度；「大器」，像是最貴重的器物；、「大音」如同天籟；「大象」如同無形，不可捉摸。

躊躇滿志

釋義 躊躇：讀作ㄔㄡˊㄔㄨˊ。形容對自己取得的成就非常得意的樣子。

出處 《莊子．養生主》：「提刀而立，為之四顧，為之躊躇滿志。」

造句 當他站上頒獎台，接受大家的掌聲時，不禁躊躇滿志起來。

近義詞 神采飛揚、意氣風發

反義詞 灰心喪氣、垂頭喪氣

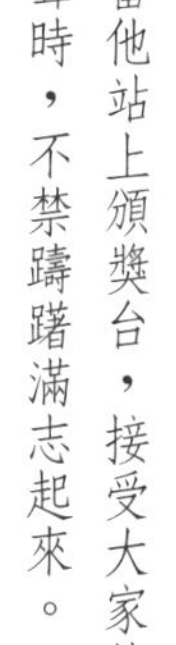

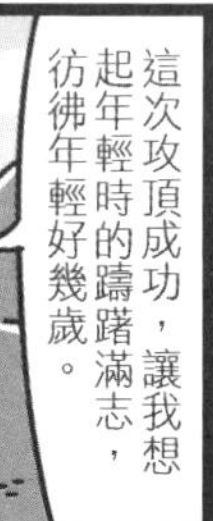
這次攻頂成功，讓我想起年輕時的躊躇滿志，彷彿年輕好幾歲。

那以後我們就多爬幾次，讓你更加年輕。

哈哈哈！

莊子，姓莊，名周。戰國時代著名思想家，是道家學派的代表人物，老子思想的繼承和發展者，後世將他與老子並稱為「老莊」。他喜歡用寓言來啓發人們的智慧。

失之交臂

釋義 形容錯失機會。

出處  《莊子・田子方》：「吾終身與汝交一臂而失之，可不哀與？」

造句 這位暢銷書作者前來拜訪時，社長卻剛好不在，失之交臂，實在可惜。

近義詞 坐失良機、失諸交臂

反義詞 十拿九穩、百無一失

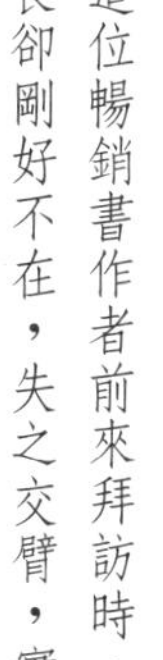

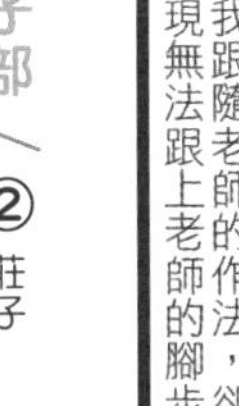

孔子
顏淵
我跟隨老師的作法，卻發現無法跟上老師的腳步。

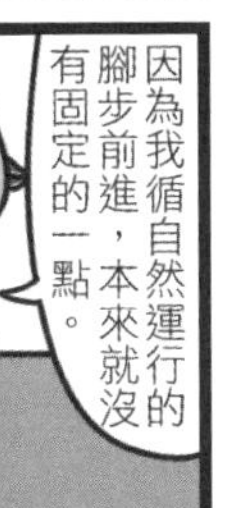
因為我循自然運行的腳步前進，本來就沒有固定的一點。

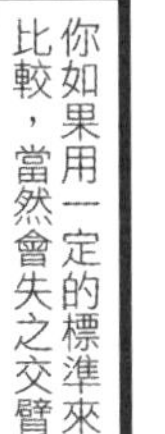
你如果用一定的標準來做比較，當然會失之交臂。

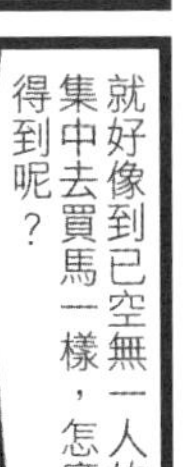
就好像到已空無一人的市集中去買馬一樣，怎麼買得到呢？
弟子受教。

顏淵，孔子的弟子。有一次他模仿孔子做任何事情，卻發現跟不上。便向孔子請教。孔子說：「我都是遵循自然的運行，沒有一定的標準，你如果要跟著做，當然會和我手臂相擦而過。」後來演變為成語「失之交臂」。

貽笑大方

釋義 指被見多識廣或精通此道的內行人所識笑。

出處 《莊子．秋水》：「且夫我嘗聞少仲尼之聞而輕伯夷之義者，始吾弗信；今我睹子之難窮也，吾非至於子之門則殆矣，吾長見笑於大方之家。」

造句 在專家面前還是要謹言慎行，免得講錯話而貽笑大方。

近義詞 見笑於人、班門弄斧

反義詞 博古通今、無所不知

秋天時，洪水暴漲，許多小河挾帶豐沛水量灌注到黃河。

哈哈，我所掌管的黃河是天底下最壯美的河川。

我就順著東邊過去北海看看好了。

唉，看到海這麼寬廣，才知道自己貽笑大方了，眼界實在太小。

〈秋水〉篇敘述黃河的水神河伯，看著自己盛大的水流，不禁沾沾自喜，結果到了北海後，才發現自己的渺小。不禁慚愧的說：「我現在才知道自己眼光狹小，若不是到了這裡，我可能會被懂得大道裡的人所識笑啊！」後來演變為成語「貽笑大方」。

捉襟見肘

釋義

襟：讀作ㄐㄧㄣ。肘：讀作ㄓㄡˇ。形容衣衫破敗，生活貧困。

出處

《莊子・讓王》：「十年不制衣，正冠而纓絕，捉衿而肘見，納履而踵決。」

造句

他失業長達一年，如今陷入了捉襟見肘的窘境，只好向家中求助。

近義詞

左支右絀 110、青黃不接

反義詞

家財萬貫、綽有餘裕

您好，你們這裡有缺人手嗎？
沒有。

有，我們有缺人。你願意的話，明天就可以來上班。
太好了，謝謝你。

老公，我們不缺人啊，你為什麼要答應？

他看上去捉襟見肘，想必正處難關，而且我也不想讓妳太辛苦，多點人手也好。

曾參，儒家主要代表人物之一，孔子的弟子，世稱「曾子」。在〈讓王〉篇記載了曾子在衛國的時候，十年都沒有買新衣，想要把帽子戴正，帽帶就斷了；抓住衣襟，手肘就露了出來；穿上鞋子，腳後跟又鑽出來、衣服破爛不堪，生活十分艱苦。

虛與委蛇

釋義　虛：假。委蛇：讀作ㄨㄟ　ㄧˊ，隨便應順。指對人虛情假意，敷衍應酬。

出處　《莊子．應帝王》：「鄉吾示之以未始出吾宗，吾與之虛而委蛇。」

造句　他不願意與對方撕破臉，只好虛與委蛇一番，趕快將對方打發走。

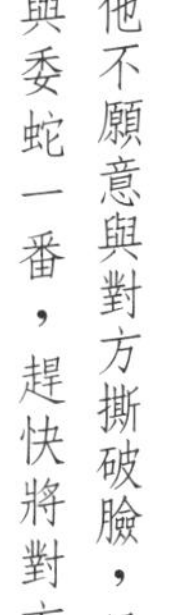

近義詞　假意周旋、虛情假意

反義詞　心口如一、真心實意

他們都在跟王董敬酒，
你不過去嗎？

我不喜歡應酬，
更沒辦法虛與委蛇，
還是待在這裡不討人嫌。

唉，年輕人，
有時身段要放軟。

〈應帝王〉篇描述了列子的老師壺子與季咸鬥法的故事，壺子使用「虛而委蛇」的招數迷惑季咸，季咸沒有識破，因此落荒而逃。莊子藉此說明聖人最高境界是心可以隨物變化。

遊刃有餘

釋義 以薄而利的刀，切入牛體，能自由運刀，沒有阻礙。比喻能力很強或技術熟練，做事從容不迫。

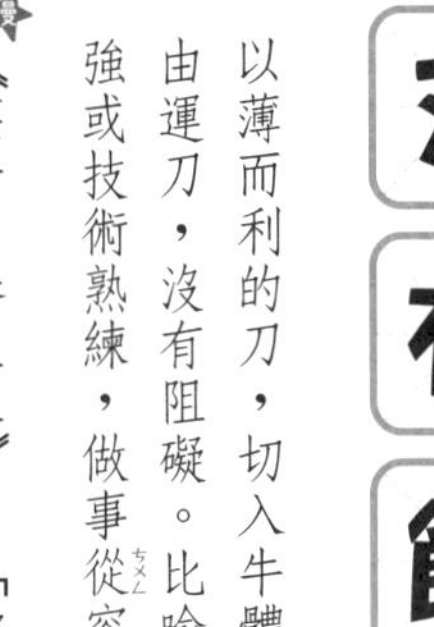

出處 《莊子．養生主》：「彼節者有間，而刀刃者無厚。以無厚入有間，恢恢乎其于遊刃必有餘地矣。」

造句 他從小就學習歌唱與跳舞，所以參加校慶的表演，簡直遊刃有餘。

近義詞 綽綽有餘、庖丁解牛

反義詞 無計可施、一籌莫展

梁惠王
庖丁
真妙啊！你是如何辦到的？

一開始我不知道如何下手，經過了三年才領悟牛隻的結構。

現在的我可以依靠感覺靈活運刀，完全不用看著牛隻。

只要循著牛隻的結構，自然可以遊刃有餘的輕鬆分解，我這把刀用了十九年，一點損傷都沒有。

〈養生主〉中，莊子藉由庖丁解牛的故事，用牛的組織比喻人世間複雜的人際關係，要想能夠在之中不受傷害，得擁有一把用智慧錘鍊出來的「無厚之刃」。

空谷足音

釋義 在寂靜的山谷裡聽到腳步聲。比喻極難得到音信、言論或來訪。

出處 《莊子・徐無鬼》：「聞人足音跫然而喜也。」

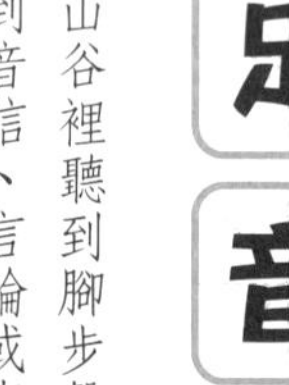

造句 許久未見的友人突然造訪，有如空谷足音，令人驚喜。

近義詞 世所罕見、絕無僅有

反義詞 屢見不鮮、多如牛毛

妳的信，麻煩這裡簽收。

我跟小芝失去聯絡多年，如今收到來信，如同空谷足音，太開心了！

〈徐無鬼〉中提到隱士徐無鬼與魏武侯相談甚歡。有人好奇的追問原因，他便回答：「就像長期居住在荒野的人，久違的聽到人的腳步聲就會很高興。而國君就是太久沒有與人親切輕鬆的談笑了。」後來演變為成語「空谷足音」。

不可勝數

釋義 「勝」數：讀作ㄕㄥ，盡。數也數不過來。形容數量極多。

出處 《墨子．非攻中》：「百姓之道疾病而死者，不可勝數。」

造句 夏日的夜晚清朗無雲，天上的星星不可勝數，正是觀星的好時節。

近義詞 多如牛毛、比比皆是

反義詞 屈指可數、寥寥無幾

墨子為春秋末戰國初期思想家，宣揚兼愛非攻。

大王，我聽說您欲攻打宋國。

可是有何不妥？

軍隊避開冬夏出征，然而在春秋行軍，則影響農耕，到時因飢餓而死的百姓將不可勝數。

牛馬、箭矢等物會毀壞，軍士們也會因為戰爭而死，其傷害都是多得不可勝數。
唉，寡人明白了。

墨子，戰國時魯國人，提倡兼愛、非攻等學說，是墨家思想的代表。在〈非攻中〉篇裡，墨子揭露了戰爭的殘酷，運用八個「不可勝數」的壞處，強調了戰爭一點好處也沒有。

量體裁衣

釋義 按照身材裁剪衣服。比喻按照實際情況辦事。

出處 《墨子．魯問》：「子觀越王之志何若？意越王將聽吾言，用我道，則翟將往，量腹而食，度身而衣，自比於群臣，奚能以封為哉？」

造句 這家公司會依據你的需求量體裁衣，制定出最佳方案。

近義詞 量入為出、實事求是

反義詞 不自量力、力所不及

我今天交辦的工作，
明天就要看到企劃。

這、這時間有點趕，
而且我從未做過，
需要一點時間。
做不到就別來。

小茹今天怎麼沒來？
妳要人家做不出來就
別來了，她就離職了。

唉、每個人的能力不同，
妳應該要量體裁衣，
依情況交辦啊。
哼，是他們沒有抗壓力。

〈魯問〉篇描述了墨子的學生公尚過被派到越國宣傳墨家主張。越王被墨學打動，想要邀請墨子到越國。墨子說道：「越王若能採納我的意見，那麼我將為他量體裁衣制定政策，如果不行的話，我就不過去了。」

戮力同心

釋義　戮：讀作ㄌㄨˋ。齊心合力，團結一致。

出處　《墨子・尚賢中》：「〈湯誓〉曰：『聿求元聖，與之戮力同心，以治天下。』」

造句　這些日子是我們最艱困的時期，請求大家戮力同心，才能一同度過危機。

近義詞　齊心協力、群策群力

反義詞　各懷異心、離心離德

唉，又失敗了。

大家不要灰心，只要我們戮力同心，最後一定會成功的！

說的對，現在放棄還太早。
我們繼續加油。

墨子主張當政者要能尊敬賢者、任用賢才。他同時也舉例在《尚書》中的〈湯誓〉篇，提到君主要任用賢能的人，和他們戮力同心來治理天下，這樣才是最好的。

功成名就

釋義 功績取得了，名聲也有了。

出處 《墨子‧修身》：「功成名遂，名譽不可虛假。」

爸，那個人是誰啊？
他以前是我們這裡的居民，如今功成名就，不忘感恩，出資建了一棟圖書館。

哇！我希望我以後也這樣。

造句 他從小生活坎(ㄎㄢˇ)坷(ㄎㄜˇ)，但憑藉著自身的努力功成名就，令人欽佩。

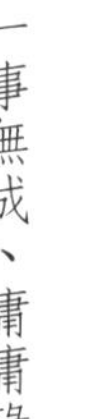

近義詞 名留青史、飛黃騰達

反義詞 一事無成、庸庸碌碌

〈修身〉篇主要討論品行修養，擁有好的人格才是治國的根本，所以君子必須以品德修養為重。名聲不是憑空而來，只有成就功業才會得到。而名聲與榮譽不能有虛假的成分，所以要時刻反求諸己。後演變為成語「功成名就」。

以卵擊石

釋義 拿蛋去碰石頭。比喻不自量力的行為導致了失敗。

出處 《墨子．貴義》：「以其言非吾言者，是猶以卵投石也，盡天下之卵，其石猶是也，不可毀也。」

造句 你想憑著一己之力去揭發這個弊案，無異於以卵擊石，還是從長計議吧。

近義詞 蚍(ㄆㄧˊ)蜉(ㄈㄨˊ)撼樹、螳臂擋車

反義詞 勢均力敵、平分秋色 205

今天天帝在北方殺黑龍，而你的臉色黑，不適合往北走。
我不相信算命。

看你的樣子，事情應該沒辦成吧？
墨子

的確是這樣沒錯。
我不是說你不適合往北嗎，怎麼不聽。

我才不相信，你用謬論來反駁我的真理，如同以卵擊石，我的真理是不會損壞的。
真理

〈貴義〉篇中提到，有一次算命先生說墨子不適合外出。墨子不聽，最後無功而返。算命先生便認為自己是對的，而墨子則認為算命都是謬(ㄇㄧㄡˋ)論，如同拿雞蛋去碰石頭，不可能贏過真理。後演變為成語「以卵擊石」。

鳴金收兵

釋義 用敲鑼等發出信號，指揮撤兵回營。比喻戰鬥暫時結束。

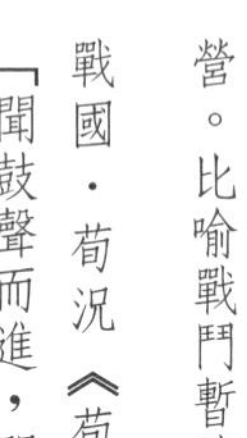

出處 戰國．荀況《荀子．議兵》：「聞鼓聲而進，聞金聲而退。」

造句 這個國家準備侵略鄰國，然而地形險惡，始終難以攻打下來，便以鳴金收兵落幕。

近義詞 偃旗息鼓 117、消聲匿跡

反義詞 大動干戈、大張旗鼓

古代打仗時，以擊鼓來壯大聲勢，振奮士兵進軍。
而鳴金收兵則是將領命令軍隊停止或退回。

老師，那為什麼不是鳴「銀」收兵呢？

這個金指的是一種青銅樂器「鉦」，使用時是以槌敲擊。

荀子，名況，戰國時代儒家學者，被尊稱為荀卿。他主張性惡論，所以應該要建立禮制法度來教化，韓非、李斯均為其學。〈議兵〉篇講述了荀子對軍事的看法。他認為征服天下不是靠武力，而是在於有仁義的政治。

鍥而不捨

釋義　比喻有堅持到底的毅力。

出處　《荀子．勸學》：「鍥而不舍，金石可鏤（ㄌㄡˋ）。」

造句　這件案子已經過去二十年，他卻鍥而不捨的追查，終於找出真兇。

近義詞　堅定不移 134、不屈不撓

反義詞　一曝（ㄆㄨˋ）十寒、半途而廢

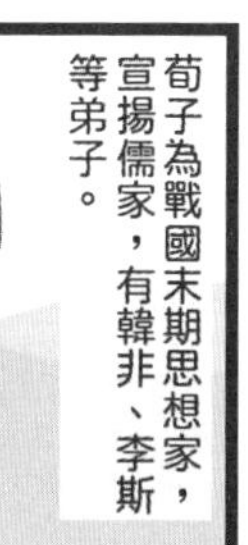
荀子為戰國末期思想家，宣揚儒家，有韓非、李斯等弟子。

你們對於學習的態度啊，可得記住……

千萬不能停下，如果停下了，那即使你雕刻的是腐朽的木頭，也刻不斷。

反之，若能鍥而不捨，那麼連金屬與石頭都可以雕刻。
弟子受教。

〈勸學〉是《荀子》一書的首篇。內容講述了學習的重要性、學習態度等，體現了荀子的教育思想。「鍥而不舍，金石可鏤。」意味堅持不停地用刀刻，連金屬、玉石也可以雕出花，來勉勵世人向學。

錙銖必較

釋義

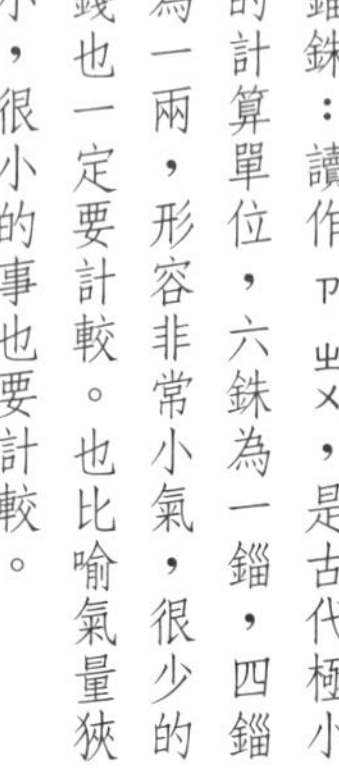

錙銖：讀作ㄗ ㄓㄨ，是古代極小的計算單位，六銖為一錙，四錙為一兩，形容非常小氣，很少的錢也一定要計較。也比喻氣量狹小，很小的事也要計較。

出處

《荀子．富國》：「割國之錙銖以賂之，則割定而欲無厭。」

我今天忘了帶橡皮擦，你可以借我一個嗎？
我才不借。
古代時，「兩」為計算單位。錙等於四分之一兩，而銖是二十四分之一兩。
錙銖必較
所以錙、銖是古代很小的計算單位。若有人對於很小的事情或是東西很計較，表示很小氣。
錙=1/4兩
銖=1/24兩
謝謝。我明天帶一個新的給你。
我剛剛口氣不好，橡皮擦借妳。

造句

他作風強勢，加上凡事錙銖必較，旁人都避之唯恐不及。

近義詞

一毛不拔、斤斤計較

反義詞

不拘小節、慷慨解囊252

顏之推，北朝齊臨沂人。撰有《顏氏家訓》，告誡後人關於治家的道理。他提到當時民風敗壞，民間在嫁娶之時，經常有賣女兒來賺錢的事情發生，甚至錙銖必較。而這樣的婚姻，通常最後都有問題，所以要慎重。

欺世盜名

釋義 欺騙世人，以竊取好的名聲。

出處 《荀子・不苟》：「夫富貴者則類傲之；夫貧賤者則求柔之。是非仁人之情也，是奸人將以盜名於暗世者也，險莫大焉。」

造句 他一直以來都利用信徒來斂（ㄌㄧㄢˋ）財，如今受害者們紛紛出來揭發他欺世盜名的真面目。

近義詞 沽名釣譽、譁眾取寵 095

反義詞 名副其實、當之無愧

媽，這個紫水晶哪來的？

這是去大師那裡求來的，可以轉運。

那個人根本是神棍，做著欺世盜名的事情。
真的嗎？

有人被他騙了很多錢，我今天看到他被警察逮捕了。

「欺世」與戰國時代的韓非子有關，他多次上書勸諫韓王，卻無法受到重用。很感慨欺騙世人的人反而能夠得到重用。「盜名」則與荀子有關。他認為人性是喜愛富貴、厭惡貧窮的，如果有人說不是，那麼就是在盜取聲望的作法。

約定俗成

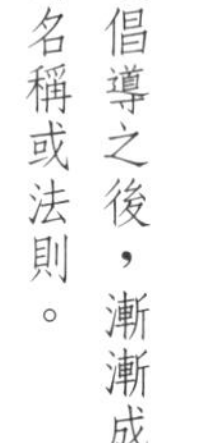

釋義 在經過倡導之後，漸漸成為社會公認的名稱或法則。

出處 《荀子．正名》：「名無固宜，約之以命，約定俗成謂之宜，異於約則謂之不宜。」

造句 每年在這一天相聚，已經是我們之間約定俗成的事情了。

近義詞 蔚然成風、相沿成習

反義詞 另闢蹊徑、標新立異 212

博愛座

年輕人不應該坐博愛座，要禮讓給老人家。

敬老愛幼顧然是約定俗成的規範，卻不是讓你拿來道德綁架他人的！

就是啊，你怎麼知道對方有沒有需要，卻想強迫別人讓座。
對不起。

〈正名〉篇談到當時的荀子看到天下的亂象，認為需要認清正名與治道間的關係，國家才能安定和樂。而此篇因為含有概念辨析的陳述，所以後世普遍認為是荀子開始了「名辨」思想，也就是所謂的「邏輯」。

胼手胝足

釋義

胼（ㄆㄧㄢˊ）、胝（ㄓ）：老繭。手腳上磨出老繭。形容經常地辛勤勞動。

出處

《荀子．子道》：「耕耘樹藝，手足胼胝以養其親。」

造句

你所看到的這整片園林，都是祖先們胼手胝足建立起來的。

近義詞

篳路藍縷、櫛風沐雨

反義詞

坐享其成、輕而易舉

你們回來啦，快來吃飯。

爸媽，別在這裡住了，跟我們一起去都市裡住。

不行。這個家是祖先胼手胝足，一手建立起來的，我不想離開這裡。

我也捨不得離開。
唉……

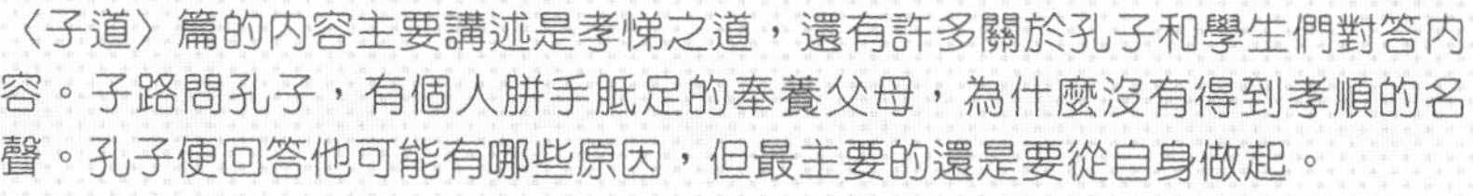

〈子道〉篇的內容主要講述是孝悌之道，還有許多關於孔子和學生們對答內容。子路問孔子，有個人胼手胝足的奉養父母，為什麼沒有得到孝順的名聲。孔子便回答他可能有哪些原因，但最主要的還是要從自身做起。

吹毛求疵

釋義　疵：讀作ㄘ。比喻刻意挑剔過失或缺點。

出處　戰國．韓非《韓非子．大體》：「不吹毛而求小疵，不洗垢而察難知。」

造句　他做事已經很細心了，如果你再吹毛求疵，那沒有任何人可以達到你的要求。

近義詞　求全責備、洗垢求瘢

反義詞　得過且過、大而化之

衛生股長要來檢查了。

這裡有個小髒汙沒擦乾淨。

這裡還有幾根頭髮，再來掃一次。

天啊，她也太吹毛求疵了，根本為難大家嘛。

韓非，戰國時韓國的宗室公子，是法家的代表人物，主張君主應該用法、術、勢來治國。他認為好的君主需要嚴明的法律、賞善分明，還要有客觀的標準，不要刻意的在細微地方找缺點。後來演變為成語「吹毛求疵」。

一鳴驚人

釋義 比喻平時沒(ㄇㄛˋ)沒(ㄇㄛˋ)無聞，突然做出驚人之舉；多指在學問事業上獲得驚人的成就。

出處 《韓非子・喻老》：「雖無飛，飛必沖天；雖無鳴，鳴必驚人。」

造句 他平時都沒什麼參與練習，沒想到在朗讀比賽中一鳴驚人，取得佳績。

近義詞 一舉成名、刮目相看

反義詞 沒沒無聞、庸庸碌碌

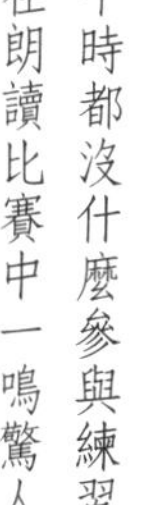

春秋時代，楚莊王即位三年，卻毫無作為。大臣們很是擔憂。

大王，南面山丘有一隻大鳥，但三年來都沒有動靜，您覺得這是什麼鳥？

那可不是平凡的鳥，雖然不飛，但肯定會一鳴驚人，你放心吧。

過了半年，楚莊王大刀闊斧改革政事，也成為春秋五霸之一。

楚莊王，春秋時期楚國國君。他即位時尚未滿二十歲，當時表現出每天享樂、不問政事的模樣。三年後，已經掌握楚國政局的他，開始了一連串的改革，一鳴驚人，最後成為春秋五霸主之一。

孤掌難鳴

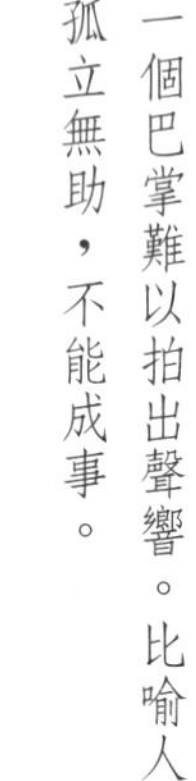

釋義 一個巴掌難以拍出聲響。比喻人孤立無助，不能成事。

出處 《韓非子．功名》：「人主之患，在莫之應，故曰：一手獨拍，雖疾無聲。」

造句 你若是不適時的下放工作，終究會有孤掌難鳴的時候。

近義詞 獨木難支、勢孤力單

反義詞 眾志成城、萬眾一心

老闆，我認為公司可以多嘗試不同的領域，像是……

我們沒有人力可以支援喔。
不如你自己先做試試看。

對啊，那你自己先做做看。
好吧……

唉，孤掌難鳴的情況下，我也很難自己完成目標。

韓非認為一個好的國君要建立威勢，穩固自己的地位。如此一來才能受到人民愛戴、臣子盡忠。而最大的憂慮在於沒有人呼應，那麼就會像是用一個巴掌鼓掌，是不可能發出聲音的。後來演變為成語「孤掌難鳴」。

買櫝還珠

釋義

櫝：讀作ㄉㄨˊ。買了裝珍珠的盒子，而把珍珠退還。喻捨本逐末，取捨失當。

出處

《韓非子．外儲說左上》：「楚人有賣其珠於鄭者，為木蘭之櫃，薰以桂椒，綴以珠玉，飾以玫瑰，輯以羽翠，鄭人買其櫝而還其珠。」

這個木盒這麼漂亮，再把珍珠裝進去，一定會很受歡迎。

我這個珍珠又大又圓，而且亮澤，更是來自於……

我只要這個盒子，珍珠還給你吧。
呃、好吧。

世人便以買櫝還珠比喻次要的東西比主要的東西好，取捨失當。

造句

他的本意是想要推銷這個物品，然而把週邊商品做得太精美，反倒成了買櫝還珠。

近義詞

本末倒置  044、捨本逐末

反義詞

追本窮源、取精用宏

〈外儲說左上〉中記載了楚王很疑惑墨子的學說很好，但文中的語句卻一點都不優美。墨子的學生田鳩便說了買櫝還珠的故事，說明墨子的學說不用美妙的句子包裝，是因為擔心世人忽略了道理的根本。

濫竽充數

釋義 竽：讀作ㄩˊ。比喻沒有真才實學的人，冒充有本領，混在行家裡充數。或比喻以次充好。

出處 《韓非子．內儲說上》：「齊宣王使人吹竽，必三百人。南郭處士請為王吹竽，宣王說之，廩食以數百人。宣王死，湣王立，好（ㄏㄠˋ）一一聽之，處士逃。」

造句 我們堅持每樣出貨的品質都要把關，絕對不能用次品來濫竽充數。

近義詞 魚目混珠、以次充好

反義詞 出類拔萃、真材實料

戰國時代，齊宣王喜歡聽竽的合奏。每次都要三百多個樂工一同演奏。

我不會吹竽，反正做做樣子也沒人知道。
真是好聽～

然而湣王繼位後……
從今天開始，我要輪流聽獨奏。
不妙，這下會被發現的。

我得趕快逃走，不然就慘了。
世人便以「濫竽充數」一語，比喻沒有眞才實學的人。

齊宣王，戰國時齊國國君。他曾向孟子請教稱霸天下的方法，孟子說明了仁政的好處，然而卻沒有被採納，於是繼續周遊列國。相傳齊宣王的王后鍾無豔是一位樣貌奇醜的女子，成語「貌似無鹽」就來自於她。

輕舉妄動

釋義 沒有慎重的考慮，就輕率地採取行動。

出處 《韓非子．解老》：「眾人之輕棄道理而易忘（妄）舉動者，不知其禍福之深大而道闊遠若是也。」

造句 你懷疑是他盜取機密，但在沒有證據之前，不要輕舉妄動地衝上去質問。

近義詞 輕率妄為、魯莽從事

反義詞 深謀遠慮、謀定後動

聽說我們的對手公司已經打算往海外市場擴大經營。

那我們應該也趕快跟進，以免錯失機會。

不能輕舉妄動，我認為應該要再觀察情況。

嗯……還是再觀察一陣子好了。

《韓非子．解老》內容是擇取《老子》中的文句，以法家思想來解釋其中的意涵。說到了若是過於貪求利益，那麼就會開始憂慮，智慧下降，導致判斷的能力。有可能輕率地採取行動，導致不好的後果。後來演變為成語「輕舉妄動」。

自相矛盾

釋義 比喻自己說話做事前後牴觸。

出處 《韓非子．難一》：「楚人有鬻盾與矛者，譽之曰：『吾盾之堅，莫之能陷也。』又譽其矛曰：『吾矛之利，於物無不陷也。』或曰：『以子之矛陷子之盾，何如？』其人勿能應也。」

造句 你說他為人輕浮，現在又稱讚他穩重，簡直是自相矛盾。

近義詞 自相抵牾、漏洞百出

反義詞 自圓其說、無懈可擊 195

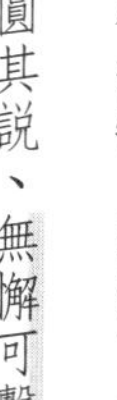

我這面盾非常堅固，任何東西都刺不破。
我這隻矛是最鋒利的，任何東西都可以刺破。
PK
如果用你的矛刺你的盾，那會怎麼樣呢？
呃……
你根本自相矛盾。

韓非的「自相矛盾」故事的原意是針對堯舜。他認為堯舜被儒家過度被美化了。他舉例說：「堯舜用德政感化了人民，但若是本身就有德政，那為何人民還需要被感化呢？這就是自相矛盾。」

老馬識途

釋義 老馬認識路。比喻有經驗的人對事情比較熟悉。

出處 《韓非子．說林上》：「管仲、隰朋從於桓公伐孤竹，春往冬返，迷惑失道。管仲曰：『老馬之智可用也。』乃放老馬而隨之。遂得道。」

造句 這次登山之旅，幸虧有老馬識途的領隊帶路，才能順利登頂。

近義詞 識途老馬、熟門熟路

反義詞 初出茅廬 254、暗中摸索

春秋時代，齊桓公以管仲為相，有次去征伐孤竹國。

不妙，雪將景物都蓋住，根本找不到路出去。

大王，都說老馬認得回家的路，不如試試看？
好！

果然老馬識途，將齊軍帶出了迷谷。
總算出來了。

管仲，春秋時代齊國宰相，輔佐齊桓公成為春秋霸主之一。他廢除井田制，建立土地稅收制度，允許土地買賣，承認土地私有化，使得齊國國力強盛。另有相關成語「管鮑之交」。

見微知著

釋義

知「著」：讀作ㄓㄨˋ，明顯。見到事情的苗頭，就能知道它的發展變化。

出處

《韓非子‧說林上》：「聖人見微以知萌，見端以知末，故見象箸而怖，知天下不足也。」

造句

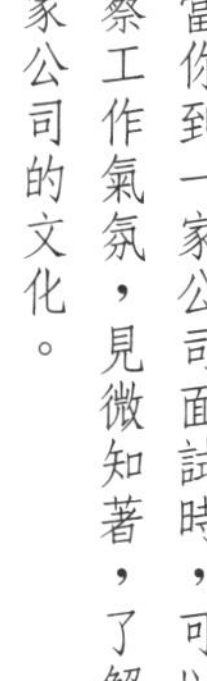

當你到一家公司面試時，可以觀察工作氣氛，見微知著，了解這家公司的文化。

近義詞

一葉知秋、因小見大

反義詞

愚不可及、束手無策

寡人想要象牙筷子！
商紂王
是。
箕子

何事如此煩惱呢？
今日大王命工匠製作象牙筷子。

這是件小事吧？
既然大王使用了象牙筷，那麼杯盤也不會再用陶製物了，必定會換成玉石。

接下來必定會改為山珍海味、綾羅綢緞，見微知著，未來可能會天下大亂了。
這這……
酒
酒

箕子，名胥餘，是商紂王的叔父。他與微子、比干齊名，史稱「殷末三賢」。他從小事中看出紂王的無道，屢次勸諫都沒有效果，但也不忍心離開國家，便裝成瘋子，後來被紂王貶為奴隸。

因噎廢食

釋義　噎：讀作ㄧㄝˋ。比喻曾經出過差錯，而怕再次出差錯，就不去做該做的事。

出處　戰國．呂不韋等人《呂氏春秋．孟秋紀．蕩兵》：「夫有以饐死者，欲禁天下之食，悖（ㄅㄟˋ）。」

造句　如果因為怕痛就不敢再去看醫生，未免也太因噎廢食了。

近義詞　矯枉過正 091、削足適履

反義詞　百折不撓、屢敗屢戰

你以前最喜歡跑步，現在怎麼不去呢？

我上次跑步跌倒了，不敢再跑了。

你這樣如同因噎廢食，跌倒了，以後就小心點。老師陪你一起跑。

《呂氏春秋》，為戰國時代秦國相國呂不韋召集門客，各記所聞編纂而成，為雜家之祖。〈蕩兵〉篇主要論述用兵的重要，辯駁墨家的「非攻」之說。描述若是怕用兵力，就如同有人在吃飯時噎死，就禁止天下人飲食這般的荒謬。

掩耳盜鈴

釋義　比喻自己欺騙自己，明明掩蓋不住，卻想要想法子掩蓋事情。

出處　《呂氏春秋．自知》：「百姓有得鐘者，欲負而走，則鐘大不可負。以椎毀之，鐘況然有聲。恐人聞之而奪己也，遽掩其耳。」

造句　這明明是黑心商品，你卻只是把名稱改過後再上市，等於是掩耳盜鈴。

近義詞　自欺欺人、欲蓋彌彰 080

反義詞　開誠布公 123、肝膽照人

這裡有一口鐘……

這口鐘實在太大了，乾脆把它敲碎後帶走。

啊～好大聲，我摀住耳朵應該就沒人發現了。

你這小偷，鐘敲得這麼響，當大家都沒聽見嗎？
世人便以掩耳盜鈴比喻自己騙自己而已。

《自知》中描述有一個人想把鐘敲碎帶走，結果敲擊的過程中發出聲響，自己摀住耳朵，以為別人就聽不見。藉由此故事評論：「如果作為國君或家主，厭惡聽到自己的過錯，就如同掩耳盜鈴一樣，只是在自欺欺人而已。」

一竅不通

釋義　本指人體七竅（ㄑㄧㄠˋ）中，有一個心竅不通。後用以比喻什麼都不懂。

出處　《呂氏春秋．過理》：「殺比干而視其心，不適也。孔子聞之曰：『其竅通，則比干不死矣。』」

造句　我對於料理一竅不通，連如何煮飯都不知道。

近義詞　一無所知、愚不可及

反義詞　融會貫通、觸類旁通

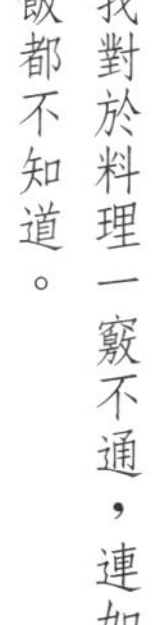

電腦怎麼突然當掉了。

重開機也沒有反應，到底怎麼了？

我對電腦實在一竅不通，你可以來幫我看看嗎？

其實只是個小問題，這樣就好了。
太好了，謝謝你。

比干，商紂王的叔父，有名的賢人，他看到紂王暴虐的行為，便十分痛心的勸導。結果紂王非但不聽，還以賢人的心七竅皆通的傳說為藉口，將比干處以挖心酷刑。孔子評論這段歷史時說道：「紂王的心智如果有一竅可通，比干就不會死了。」

殃及池魚

釋義 殃：讀作ㄧㄤ，災禍。比喻無緣無故地遭受禍害。

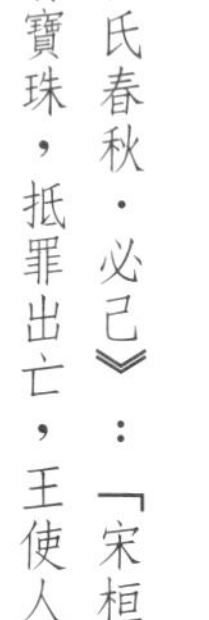

出處 《呂氏春秋．必己》：「宋桓司馬有寶珠，抵罪出亡，王使人問珠之所在，曰：『投之池中。』於是竭池而求之，無得，魚死焉。此言禍福之相及也。」

造句 他們兩個吵架，卻把我捲入其中，真是城門失火，殃及池魚。

近義詞 波及無辜、無妄之災

反義詞 安居樂道、安身立命

我這顆珠子可是稀世珍寶。
春秋時，司馬桓魋曾受到景公的寵信，家財萬貫，後來犯罪出逃。
司馬桓魋可說了些什麼？
啟稟大王，他說已將寶珠丟進水池中。
周景公

那快點抽乾池水，找出那顆寶珠。
遵命。

根本沒看到寶珠啊……
世人便以殃及池魚比喻無故受到牽累。

司馬桓魋ㄊㄨㄟˊ，東周春秋時期宋國人，掌控宋國兵權，深受宋景公寵愛。他的弟弟司馬牛是孔子的弟子。孔子周遊列國經過宋國時，宋景公想邀請孔子留下。而司馬桓魋怕自己的地位被取代，打算殺掉孔子，後來孔子順利逃出。

一網打盡

釋義 用網子全部抓住。

出處 《呂氏春秋．孟冬紀．異用》「湯曰：『嘻，盡之矣。非桀其孰為此也？』湯收其三面，置其一面。」

商湯

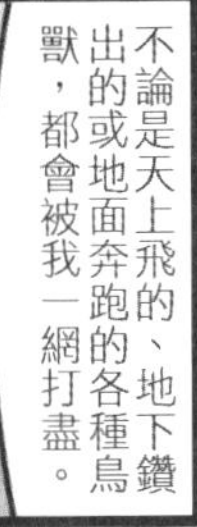
不論是天上飛的、地下鑽出的或地面奔跑的各種鳥獸，都會被我一網打盡。

像你這樣趕盡殺絕，豈不是跟暴虐的夏桀一樣嗎？

就留下一面網子就好。
是。

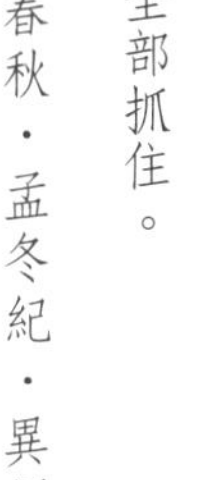

造句 警方部署已久，就是為了在這次緝毒行動中，將毒販一網打盡。

近義詞 一掃而空、誅殛滅絕

反義詞 網開一面、手下留情

商湯，為商朝的開國君主，是仁民愛物的明君。《異用》中記載，有一天商湯看到一個獵人布下天羅地網來捕獵動物。就說這種行為跟暴虐的夏桀一樣，所以命令他只能用一面網子來捕獵。後來演變為成語「一網打盡」。

罄竹難書

釋義

罄：讀作ㄑㄧㄥˋ，用盡。形容罪行多得寫不完。後泛指事實多，寫不完。

出處

《呂氏春秋．明理》：「此皆亂國之所生也，不能勝數，盡荊越之竹，猶不能書。」

造句

他犯下的案件罄竹難書，如今終於受到法律的制裁，大快人心。

近義詞

罪大惡極、擢(ㄓㄨㄛˊ)髮難數

反義詞

宅心仁厚、樂善好(ㄏㄠˋ)施

早~
看來她又心情不好了。

喂！妳把這個東西搬過去。

我之前不是說過了？妳怎麼就是聽不懂。

她對我的種種惡行罄竹難書，我受不了，我要離職。
人事

〈明理〉篇敘述了亂世的各種異象，像是天上的雲奇形怪狀、日蝕、馬長犄(ㄐㄧ)角等。說明出現這種怪狀，是表示政治敗壞，國家即將滅亡，所以亂象多到寫在竹簡上都寫不完。

捨本逐末

釋義 比喻不抓根本的環節，反而注重在枝節問題上。

出處 《呂氏春秋・士容論・上農》：「民舍本而事末，則不令；不令則不可以守，不可以戰。」

造句 若商品只是一味地追求包裝，反而忽略了品質，就如同捨本逐末。

近義詞 本末倒置 044、買櫝還珠 171

反義詞 追本窮源、按圖索驥 098

我們這項產品的銷量一直下滑，大家有什麼想法嗎？

我認為我們的包裝上要更加創新，吸引顧客。

老顧客反應這款商品的口味失去以往的水準，應該是要精進品質才對。

有道理，我們一味地追求包裝，反而捨本逐末了。

〈上農〉一文記載了當時的農業政策。說明人民務農對國家的影響，只要人民務農就不會輕易離開故土，而多從事工業則會讓人民容易流動。所以切勿讓百姓捨棄農業，否則便是捨本逐末。

形影不離

釋義 形容關係密切，不能分開。

出處 《呂氏春秋・孝行覽・首時》：「有湯武之賢而無桀紂之時不成，有桀紂之時而無湯武之賢亦不成。聖人之見時，若步之與影不可離。」

造句 那對夫妻結褵(ㄌㄧˊ)幾十年，感情依舊很好，整天形影不離。

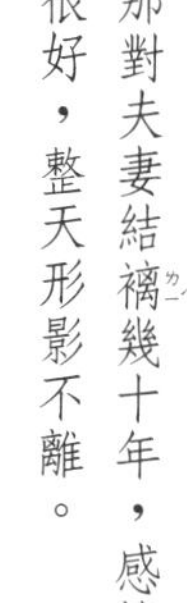

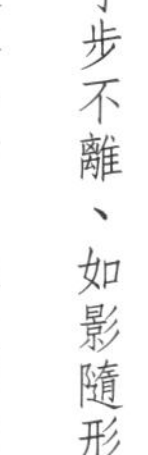

近義詞 寸步不離、如影隨形

反義詞 天各一方、水火不容

早。
早安。
狗狗好乖，不過牠的鬍子都白了。
來福陪我十幾年了，是老狗狗啦。
爺爺的家人不在了，只有那隻狗狗陪著他，到哪都形影不離。

〈首時〉論述的重點是教人把握時機。如果時機不對，那麼有才德的人也無法成就功業。聖人和時機不可分離，就像一個人在日光下步行時，形體和影子不可分離一樣。後來演變為成語「形影不離」。

天花亂墜

釋義 形容說話極其動聽，但多指言語誇張、不符合實際。

出處 唐．般若譯《心地觀經．序品》：「六欲諸天來供養，天華（花）亂墜遍虛空。」

造句 他將這個保健食品的功效說得天花亂墜，但我依然不為所動。

近義詞 花言巧語、舌燦蓮花

反義詞 語言無味、語不驚人

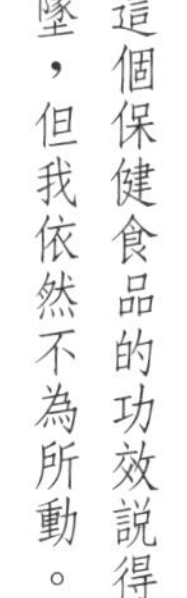

這是什麼東西啊？
妳該不會又亂買？
呃、這個……

姐姐，妳的皮膚這麼好，
如果再用我們家的產品，
妳就會再年輕二十歲。

別人不會這麼有效，
但是妳特別不一樣！
真的喔？

所以我就不小心多買了……
媽，人家說得天花亂墜，
也不知道到底好不好，
妳以後別再衝動購物了。

南朝梁的梁武帝蕭衍，是虔誠的佛教徒。相傳有一次他請來道行高深的雲光法師宣講佛法，在講經文時感動了上天，所以天上掉落了香花。後來演變為成語「天華亂墜」，而後世多將「華」改為「花」，即「天花亂墜」。

拖泥帶水

釋義 比喻說話做事不乾脆俐落。

出處 北宋・道原《景德傳燈錄・卷七・蒲州麻谷山寶徹禪師》石霜云：「主人勤拳帶累，闍黎拖泥帶水。」

造句 他每次說明事情總是東拉西扯、拖泥帶水，讓人聽得很是焦急。

近義詞 牽絲攀藤、拖拖沓沓

反義詞 直截了當、斬釘截鐵

這次我們的工作分配是這樣的……

還有……最後大家有沒有什麼問題？
沒有。

等等，我又想到還有一點要補充……

是誰讓她來主持會議，每次都拖泥帶水。
唉，這下沒完沒了。

〈景德傳燈錄〉記載了一篇問禪的故事。有僧人問石霜禪師關於佛法大義，禪師便回答：「若是在語言文字上糾纏不休，就無法直探禪的本源之意。」後來演變為成語「拖泥帶水」。

聚沙成塔

釋義 原是指小孩將沙子堆成寶塔的遊戲。後來形容集合眾人之力完成好事。

出處 東晉・鳩摩羅什譯《妙法蓮華經・方便品》：「乃至童子戲，聚沙為佛塔。」

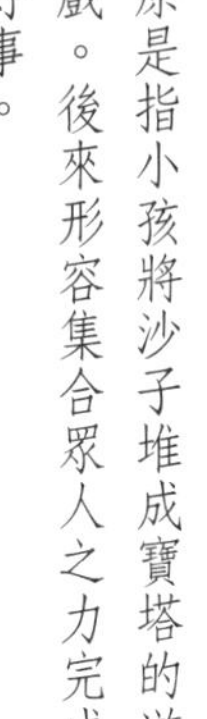

造句 只要大家平常隨手做環保，就能聚沙成塔，改善環境問題。

近義詞 積土成山、集腋（ㄧㄝˋ）成裘

反義詞 一盤散沙、一木難支

釋迦牟尼

尊者，要如何成佛呢？

要成佛不一定要做大功德，做小小的善事也可以。

善
即使是再小的善事，都會如同聚沙成塔。

佛祖釋迦牟尼曾告誡弟子，要想成就佛道，不一定要做大功德，就算是累積小小善事也可以。就像是佛涅槃（ㄆㄢˊ）之後，人們會建塔供養他的舍利子，但塔可以有很多種形式，不一定要用昂貴的，就連泥土都可以。後來演變為成語「聚沙成塔」。

味同嚼蠟

釋義 像是吃蠟一樣，沒有味道。形容枯燥無味。

出處 《楞嚴經》：「我無欲心，應汝行事。於橫陳時，味同嚼臘。」

今天上映的電影我期待了好久。
不但有名導，演員陣容也都很厲害。

那擇日不如撞日，我們現在就去吧？
好呀、好呀！
我今天有事，就不去了。

怎麼樣，電影好看嗎？

ZZ
雖然陣容強大，但是劇情薄弱，味同嚼蠟……
我還忍不住睡著了。

造句 這本書劇情鋪陳平淡，沒有張力，讀起來味同嚼蠟。

近義詞 枯燥乏味、味如雞肋(ㄌㄜˋ)

反義詞 津津有味、其味無窮

《楞嚴經》記載，佛陀告訴弟子阿難，修禪的境界有分層次。而有一類人對於世間情欲了無雜念，就算美色在前，也味同嚼蠟。這類人在生命終了之後，得以「化樂天」，能自主決定自己的心念趣向。

不二法門

釋義 唯一的方法。

出處 《維摩詰所説經．卷中》：「乃至無有文字、語言，是真入不二法門。」

造句 你想要將一門手藝學到純熟的話，練習就是成功的不二法門。

近義詞 必由之路

反義詞 殊途同歸、異曲同工

恭喜你，你成為史上最年輕的獲獎者，有什麼成功的祕訣嗎？

我想，堅持是我成功的不二法門，才能夠努力到現在。

不二法門，為佛家用語，表示達到真理的境界。《維摩詰所說經》敘述眾菩薩各自說了對「入不二法門」的見解。問到了維摩詰時，他一句話不說。文殊菩薩便體悟：「原來真正的不二法門是不需要文字語言來形容的。」

一塵不染

釋義 原指佛教徒修行時，排除物欲，保持心地潔淨。現泛指品行純潔，不受外在影響。或是環境非常乾淨，一點灰塵都沒有。

出處 《景德傳燈錄．卷三．弘忍大師》：「本來無一物，何處惹塵埃？」

造句 他有潔癖，總是把家中打掃得一塵不染。

近義詞 六根清淨、玉潔冰清

反義詞 同流合汙 029、沆瀣（ㄏㄤˋ ㄒㄧㄝˋ）一氣

我明天就會回家，家裡還好吧？應該沒有亂糟糟？
當然沒有！

糟了。趕快打掃，不然我就倒大楣了。

哇！沒想到家中被你打掃得一塵不染，辛苦老公了。
哪裡哪裡，小事啦！

弘忍大師想選一位弟子繼承衣缽，便要每個弟子做一首偈ㄐㄧˋ，弟子慧能寫下：「菩提本非樹，明鏡亦非台。本來無一物，何處惹塵埃。」修行到一塵不染的話，根本不必拂拭了。後來弘忍大師就將衣缽傳給了慧能。

落葉歸根

釋義

飄落的枯葉，掉在樹木根部。現多指客居他鄉的人，最後回到故鄉。

出處

《六祖大師法寶壇經．付囑品第十》：「葉落歸根，來時無口。」

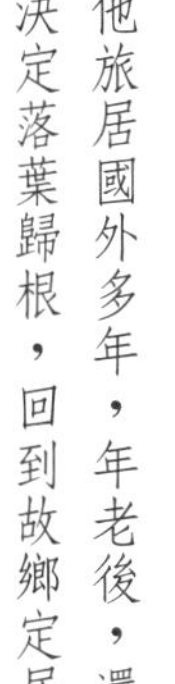

造句

他旅居國外多年，年老後，還是決定落葉歸根，回到故鄉定居。

近義詞

飲水思源、木落歸本

反義詞

無家可歸、流離顛沛

好久沒來回來，
一轉眼三十年了……

Taxi

你……好多年不見了，
你怎麼回來了？

我在外飄泊多年，最大的願望就是落葉歸根，回到故鄉安度晚年。

慧能，唐代高僧，為禪宗的第六祖。他經常在外宣揚佛法，有一次對眾徒說他即將離世，且準備回到故鄉。大家問他何時再回來，慧能便回答：「落葉歸根，生命是沒有什麼規則可說的。」

五體投地

釋義

本為古印度最恭敬的致敬儀式，指雙膝雙肘及頭五處著地，禮敬三寶（佛、法、僧）。形容對某人的欽佩崇拜。

出處

《楞嚴經．卷一》：「令諸闡提，隳彌戾車。作是語已，五體投地。」

造句

他一直以來都致力於救援動物，從來不曾放棄，令我佩服得五體投地。

近義詞

頂禮膜拜、心折首肯

反義詞

嗤之以鼻、視如敝屣

恭喜本校王小明同學在全國書法比賽獲得冠軍

好厲害啊！
哼！有什麼了不起。

他付出的努力超乎你的想像，不但虛心學習，還每天練習，沒看過他偷懶的時候。
沒錯，我就做不到。他的毅力與自律，令我佩服得五體投地。

《楞嚴經》記載了釋迦牟尼佛的弟子阿難，有一次外出歷練時，差點因為魔女而破戒。回來後在佛陀座前懺悔，覺得自己的道行不夠，便詢問佛陀，但問答間不斷的被否定。無法通悟的阿難就行五體投地的大禮，請求佛陀開示眾生。

萬劫不復

釋義 佛教稱世界從生成到毀滅的一個過程為「一劫」，萬劫就是萬世的意思。形容某些行為一旦做了，就永遠挽回不了。

出處 《梵網經盧舍那佛說菩薩心地戒品第十．梵網經菩薩戒序》：「剎那造罪，殃墮無間。一失人身，萬劫不復。壯色不停，猶如奔馬。」

造句 你千萬不能因為好奇就沾染毒品，否則會陷入萬劫不復的地步。

近義詞 無可挽回、萬丈深淵

反義詞 死灰復燃、東山再起

你們要去哪裡啊？

孩子的爸沉迷於賭博，家裡的錢都被他拿走了，我們實在生活不下去了。

唉，照顧好自己，如果有需要幫忙的儘管說。
謝謝。

賭博讓人踏入萬劫不復的深淵，好好一個家都散了。你可別這樣啊！
？？

「劫」在佛家用來代表時間的長度，而世界從有到滅亡，就是「一劫」。因此萬劫就是指非常久的時間，有永遠的意思。如果一個人犯罪之後，那麼墮入地獄後，就算要歷經萬次世界毀滅那麼久的時間，也不易投胎為人。

堂堂正正

釋義 形容光明正大。

出處 春秋・孫武《孫子・軍爭》：「無要正正之旗，勿擊堂堂之陳，此治變者也。」

造句 他平時行事堂堂正正，可以放心把財務大權交給他。

近義詞 光明正大、光明磊落

反義詞 鬼鬼祟祟 263 、卑鄙無恥

你的狀態不對，受傷了？
沒事。

既然如此，我要等你傷勢好了之後，再來一場堂堂正正的比賽！
沒問題。

《孫子兵法》，又稱《孫子》，為春秋孫武所撰，全書為十三篇，是古代最早的兵書，內容分析戰爭形勢，探討軍事作戰策略。〈軍爭〉一篇用「正正之旗」、「堂堂之陳」來形容嚴整壯盛的軍容。後來演變為成語「堂堂正正」。

無懈可擊

釋義 懈：讀作ㄒㄧㄝˋ。形容非常嚴密，找不出一點缺失。

出處 《孫子・計篇》「擊其懈怠，出其空虛。」

造句 這場表演搭配上無懈可擊的樂曲，整體的表演十分亮眼出色。

近義詞 天衣無縫、無隙可乘

反義詞 破綻百出、漏洞百出

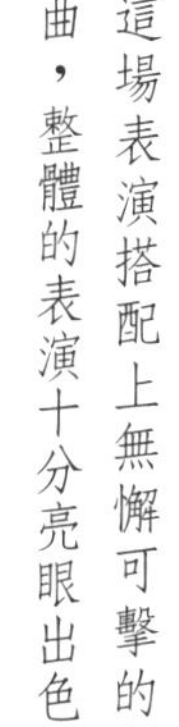

現在有請下一隊，為我們帶來的啦啦隊表演。

大家記得笑臉與活力，還有動作，我們要來一場無懈可擊的表演！

加油！
加油、加油！

〈計篇〉又名〈始計篇〉，為《孫子兵法》的第一篇。講述在事前的謀劃，像是要趁敵人沒有防備而發動攻擊，達到「攻其無備，出其不意」。同樣的，如果我軍能夠「無懈可擊」，那麼就不會輸。

知己知彼

釋義 原作「知彼知己」。最早使用於軍事方面，指了解自己和對手的情況。

出處 《孫子・謀攻》：「知彼知己，百戰不殆。」

造句 在比賽開始之前，先研究好對手的招數，才能知己知彼，百戰百勝。

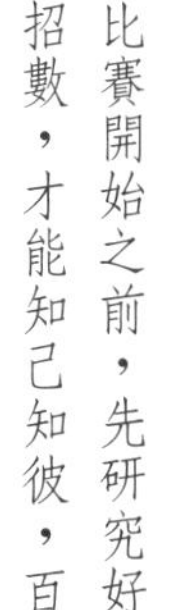

近義詞 無所不知、瞭若指掌

反義詞 一無所知、一概不知

為了下一次比賽的對戰，我們需要制定一些戰術。

這是會碰見的對手，看看他們以往的比賽……

清楚他們的技巧，結合我們自身的戰術，知己知彼，才能取勝。

我們會加油的！

〈謀攻〉是《孫子兵法》的第三篇，主要敘述以各種智謀克敵的謀略。像是掌握敵我雙方的情況，這樣才能避免危險。反之，作戰時就容易遭遇危險，後來演變為成語「知己知彼」。

同舟共濟

釋義 意思為同坐一條船渡河，比喻互助團結，共渡難關。

出處 《孫子．九地》：「夫吳人與越人相惡也，當其同舟而濟，遇風，其相救也如左右手。」

造句 面對全球暖化問題，大家都應該同舟共濟，面對接下來的難關。

近義詞 休戚與共、和衷共濟

反義詞 同床異夢、離心離德

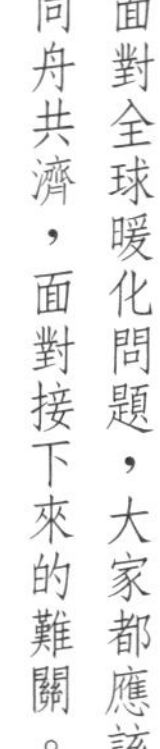

請問先生，要如何用兵才能不失敗呢？
孫武
要讓整個軍隊彼此互相照應，才不會被擊潰。

我聽說吳、越兩國的人民是世仇，有一次，恰好搭同一條船……

到了河中央卻遇上了大風大雨，但為了保住性命，他們顧不得彼此的仇恨，互相救助。

連仇人在危難時都能同舟共濟，何況你的士兵都是同陣營的。
感謝先生指教。

〈九地〉是《孫子兵法》的第十一篇，講述作戰地形的重要性，並提出九種作戰環境及相應的戰術。內容說到要讓全軍上下團結，那麼即使是像互相仇視的吳、越兩國人，都可以同舟共濟。

出其不意

釋義 指趁人不備，出乎對方意料之外。

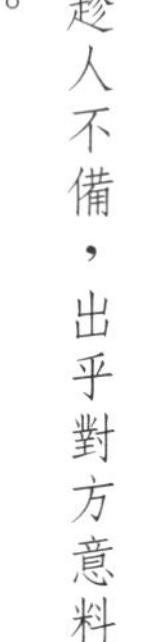

出處 《孫子・計篇》：「攻其無備，出其不意。」

造句 他趁著敵人恍神的一剎那，出其不意的攻其要害，打得對方措手不及。

近義詞 出人意表、攻其不備

反義詞 不出所料、果不其然

這裡治安不太好，大家一定要注意好隨身重要物品。

不要放在外套口袋或是褲子的口袋。
那我們收進包包好了。

也有人曾經在車門關上時，就搶了包包跑走的案例喔。

扒手行竊總是出其不意，多加小心。
嗯嗯！

〈計篇〉中有一段講述了用兵的要點是詭詐的行動。例如，能打卻裝作不能打；在近處卻假裝離得很遠。總之，就是要趁著敵人鬆懈、沒有防備之時，出乎意料的攻擊他們。後來演變為成語「出其不意」。

樂極生悲

釋義 高興到極點時，發生使人悲傷的事情。

出處 漢．劉安撰《淮南子．道應訓》：「夫物盛而衰，樂極則悲。」

造句 他因為難得的休假而跳起來歡呼，竟然樂極生悲，拐到了腳。

近義詞 興盡悲來

反義詞 否極泰來 052、苦盡甘來

彩券行
真希望中大獎。

NEWS!
天啊！這組號碼就是我簽的。我中獎啦！
真的嗎？那彩券呢？

我記得我的彩券放在外套裡，那件外套……
你好像丟進洗衣機了。

彩券都碎了……
唉，結果樂極生悲，白高興一場。

《淮南子》是西漢時期由淮南王劉安主持撰寫的。其中記錄了孔子和弟子參觀魯桓公廟一事，孔子看到一種叫「宥卮」的盛酒器具時，便藉機教導弟子有關於樂極生悲，凡事應該求中庸的道理。

聲東擊西

釋義

表面做出要攻打東邊的聲勢，實際上卻集中主力攻擊對方沒有防備的西邊。比喻以虛張聲勢，來轉移對方的注意力。

出處

《淮南子・兵略訓》：「故用兵之道，示之以柔而迎之以剛，示之以弱而乘之以強，為之以歙（ㄒㄧ）而應之以張，將欲西而示之以東，……」

造句

在這場比賽中，他利用聲東擊西的方式，令對手暈頭轉向，成功取得勝利。

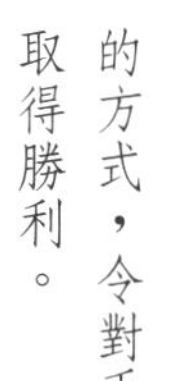

近義詞

出奇制勝、指東打西

反義詞

直搗黃龍、長驅直入

東漢初年，征南大將軍岑彭帶著三萬兵馬，攻打秦豐，兩方卻僵持在鄧地。

傳令下去，明早要攻打山都。

啟稟將軍，已將俘虜放回去了。
就讓他們去向秦豐報信。我們的目標改往另一邊。

將軍！岑彭攻打另一邊。
不妙，聲東擊西，我們中招了，立刻回防。

〈兵略訓〉一篇主要論述了軍事的基本觀點，說明如何戰勝敵人、攻取敵陣的方法。其中就說到了營造出要攻打東方，但實際上卻是攻打西方的戰略，後來演變為成語「聲東擊西」。

面如死灰

釋義 原作「面若死灰」。死灰：冷卻的灰燼。形容因心情沮喪或受驚嚇而臉色灰白。

出處 《淮南子·修務訓》：「晝吟宵哭，面若死灰，顏色霉墨，涕液交集。」

造句 他一聽聞大學落榜的消息，頓時面如死灰，呆立一旁。

近義詞 面如土色、面無人色

反義詞 眉飛色舞、歡天喜地

鬼屋耶，要不要進去玩？

不曉得可不可怕……

看看他們面如死灰的樣子，想必很恐怖。

那太好了，恐怖才要進去玩！
沒錯，走吧。

成語「面如死灰」與申包胥有關，他是春秋時期楚國大夫。當楚國滅亡後，他為了復國，便向秦國請求幫助，一開始被拒絕。申包胥便在秦城牆外哭了七天七夜，面如死灰，最後終於感動了秦國君臣。

子部／⑨淮南子

神出鬼沒

釋義 沒：在此讀作ㄇㄛˋ，消失、隱藏。形容出沒無常，變化莫測。

出處 《淮南子．兵略》：「動作周還，倨句詘（ㄑㄩ）伸，可巧詐者，皆非善者也。善者之動也，神出而鬼行，星耀而玄逐，進退詘伸，不見朕垠。」

造句 這附近有一種動物神出鬼沒，破壞了許多農作物，令人防不勝防。

近義詞 出沒無常、行蹤詭祕

反義詞 意料之中、一成不變

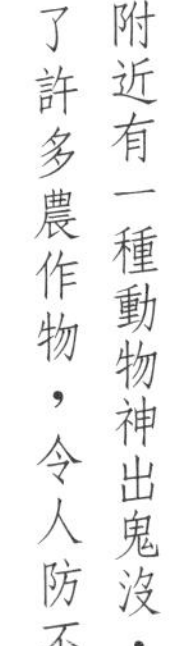

我家的花盆有被移動過的痕跡，肯定有小偷鬼鬼祟祟的。
我晒的衣服也莫名少了幾件……
我訂的報紙也不見了。

這個小偷簡直神出鬼沒，竟然都沒人發現。
太可怕了……

我想我知道兇手是誰了。

〈兵略〉篇說到了用兵的方法，其中一個戰術是指行動要如同鬼神般飄忽、像天體運行那樣變幻莫測，如此一來，敵人就無法判定動向。後來演變為成語「神出鬼沒」。

因時制宜

釋義 根據不同時期的情況，採取合宜的措施應對。

出處 《淮南子．氾論訓》：「器械者，因時變而制宜適也。」

造句 現在的人追求健康養生，所以我們的商品也要因時制宜，順應潮流。

近義詞 相機行事、隨機應變

反義詞 墨守成規、膠柱鼓瑟

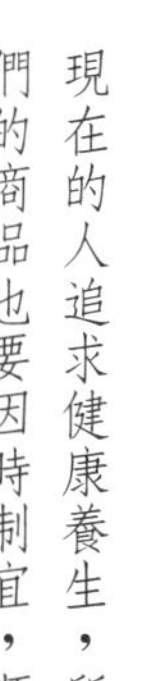

cake
OPEN
哇！這個蛋糕好漂亮，看起來很好吃。

cake
奇怪，我記得這家店以前不是這樣。

歡迎光臨，我們推出了新口味，可以試吃看看喔！
多了這麼多種！

畢竟時代在變，大家的口味也不同了，所以我們的產品也因時制宜，做點創新。

〈氾論〉中提到了一個論點，即古時的法律制度不適用在現今，就像是古時的武器到了現代也不合用。所以法律制度應該隨時調整，武器也需要改良。後來演變為成語「因時制宜」。

野心勃勃

釋義 形容狂妄非分之心或遠大的企圖。

出處 《左傳・宣公四年》：子文曰：「諺曰：『狼子野心。』是乃狼也，其可畜乎！」《淮南子・時則》：「當平民祿，以繼不足，（勃勃）陽陽，唯德是行，」

造句 總經理一退休，他就開始插手各部門的決策，野心勃勃的想將大權掌握在手。

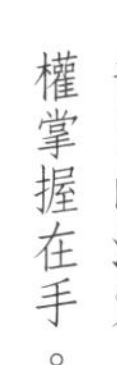
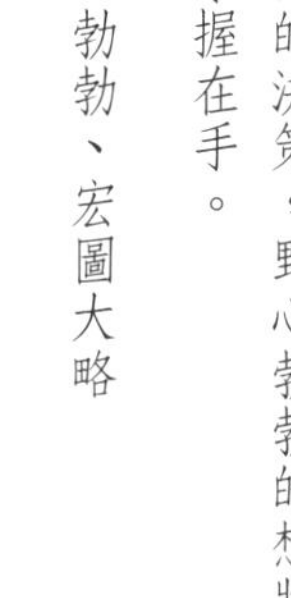

近義詞 雄心勃勃、宏圖大略

反義詞 安分守己、胸無大志

我提出的這個計畫，預計將使得下一季的目標業績成長10％。大家再加油！
+10%
經理怎麼要求愈來愈高……
是阿，現在開始得加班了。
你們沒聽說嗎，因為社長即將退休，所以預計要找接班人。

難怪經理野心勃勃地追求表現。

「野心」來自春秋楚國越椒，他出生的時候被認為長得像熊虎，聲音像豺狼，如同狼子野心，不殺了他一定會招致滅亡。「勃勃」則來自《淮南子》，說到了法令要順天而行，這樣政情才能「勃勃揚揚」。

平分秋色

釋義 用於形容二者一樣出色，分不出高下。

出處 戰國・宋玉《楚辭・九辯》：「皇天平分四時兮，竊獨悲此廩秋。」

造句 他們倆的實力相當，在這場表現上可說是平分秋色。

近義詞 勢均力敵、棋逢對手

反義詞 判若雲泥、獨占鰲頭

真是慷慨激昂的演奏啊！
如此奔騰豪放的曲風，讓人感覺處於大海之中。

她的演奏又呈現另外一種風格，也好好聽。
兩人的表現平分秋色，看來很難分出勝負了。

「平分秋色」是指中秋時分（農曆八月十五日）剛好是在秋季三個月之中，所以將秋天平分了，所以得名為「中秋」。因為有平分之意，後人便引申為分不出高下的意思。

心煩意亂

釋義 心思煩亂，不知怎樣才好。

出處 戰國・屈原《楚辭・卜居》：「心煩意亂，不知所從。」

造句 他最近工作繁忙，又加上家人生病，使得他整天心煩意亂、疲憊不堪。

近義詞 心亂如麻、煩躁不安

反義詞 心曠神怡、心意愉悦

屈原
唉，我已經被流放三年，不知道大王現在的狀況如何……

我到底該如何呢，真是心煩意亂，不如去問卜看看。

我有一些疑惑的事情，希望憑先生的幫助來作決定。
你有什麼問題呢？

我是要當一個媚俗的人，還是繼續保持正直……
按照你的心意吧，這實在不能算。

心煩意亂的典故來自於「心煩慮亂」，戰國時代屈原因為被小人誹謗，所以被放逐在外三年。他心情煩憂，不知如何是好，便去找太卜鄭詹尹，希望藉由占卜來解除自己的疑惑，結果卻徒勞無功。

深思熟慮

釋義 反覆的深入考慮。

出處 戰國．屈原《楚辭．漁父》：「何故深思高舉，自令放為？」

造句 離開這裡到別的地方去創業，是他深思熟慮過後的決定，就祝福他吧。

近義詞 深謀遠慮、高瞻遠矚

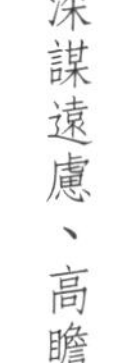

反義詞 不假思索、輕舉妄動 173

我打算辭職，去進修繪畫課程，往漫畫家的路前進。
你太衝動了。
你再慎重考慮吧。

我深思熟慮過了，已經下定決心了。
唉，總歸要讓你自己去闖闖。

〈漁父〉篇描述了屈原在江邊徘徊時，漁翁向他搭話，兩人的對答。屈原展現出堅持自我理想、不與世俗同流合汙的節操，而漁父則是隨世俗進退的處世態度。兩人的立場產生了對比。成語「深思熟慮」便出自於此。

良辰吉日

釋義 美好的時辰，吉利的日子。後常用以稱適合結婚的日子。

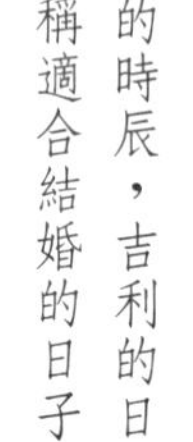

出處 戰國．屈原《九歌．東皇太一》：「吉日兮辰良，穆將愉兮上皇。」

造句 他們交往多年，近日已定下了良辰吉日準備結婚了。

近義詞 黃道吉日

反義詞 黑道凶日

妳願意嫁給我嗎？

我願意。

恭喜啊，什麼時候可以喝你們的喜酒呢？

謝謝，不過還得選個良辰吉日呢！到時一定通知大家。

〈東皇太一〉是《九歌》的開篇詩歌，其地位相當重要。此詩篇幅不長，但卻生動地描述了一場祭祀樂舞的盛況。開頭描述了在良辰吉日舉行祭祀典禮，呈現了莊嚴肅穆的情景。

一概而論

釋義　指不區別狀況，而以同一標準看待事物。

出處　戰國．屈原《楚辭．九章．懷沙》：「同糅玉石兮，一概而相量。」

造句　每個人的學習狀況不同，無法一概而論，還是要依據個人情況來調整。

近義詞　相提並論、混為一談

反義詞　大處著眼、天壤之別

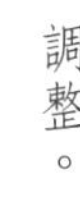

哈啾——

咳咳！

乖孫，你這是感冒了，阿嬤拿藥給你吃。

媽，不是打噴嚏、咳嗽就是感冒，可不能一概而論、妄下判斷，還是去看醫生比較好。

〈懷沙〉是《九章》中的一篇詩歌，通常被認是屈原臨死前之作，是詩人的絕命詞。詩篇描述了自己遭遇的不幸，以及對於現世的不滿，希望以自己之死來振奮民心，使君主頓悟。

顛倒黑白

釋義 把錯的說成對的，對的說成錯的。比喻扭曲事實，是非顛倒。

出處 戰國．屈原《九章．懷沙》：「變白以為黑兮，倒上以為下。」

造句 明明是他有錯在先，卻顛倒黑白，試圖混淆大家。

近義詞 指鹿為馬、信口雌黃

反義詞 火眼金睛、明察秋毫

大王，臣認為應該要改革弊政，楚國才能強盛起來。
屈原
寡人想一想……
楚懷王
…

大王，屈原提出的政策分明是為了自己啊。
是啊，大王千萬不要聽信他。

可惡的屈原，我差點就信了，讓他離得遠遠的！

那些奸佞小人顛倒黑白，實在太可惡了！有誰能夠理解我……

屈原在〈懷沙〉中述說著君主被小人蒙蔽，以至於他被流放。呈現當時楚國的政治腐敗，因此才有了黑白混淆，上下顛倒，是非不分的情況。也讓屈原非常失意自身的遭遇。

瞻前顧後

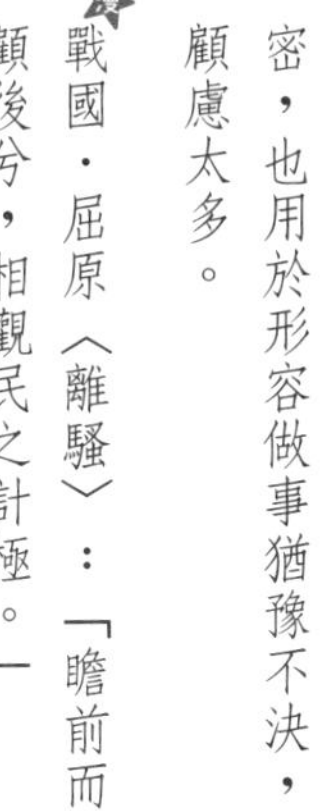

釋義

看前又看後，形容做事謹慎周密，也用於形容做事猶豫不決，顧慮太多。

出處

戰國·屈原〈離騷〉：「瞻前而顧後兮，相觀民之計極。」

造句

個性使然，所以他做任何事情都瞻前顧後，往往錯失了良機。

近義詞

謹小慎微、舉棋不定

反義詞

一往直前、當機立斷

楚懷王聽信小人讒言，將屈原流放邊疆。
屈原

唉……也不知道現在朝廷狀況如何……

為政者得瞻前顧後，看清人民的需求。然而現在……

掛心國事的屈原在流放期間寫下了流傳千古的《離騷》。

〈離騷〉是楚辭中最著名且出色的作品，屬自傳文學與抒情詩。屈原自述身世、才華與志向，卻被小人陷害，最後被君王疏遠而感到悲憤的心情。表達了遺世獨立，了無知音的遺憾。

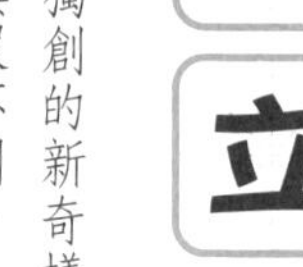

標新立異

釋義

形容獨創的新奇樣式或主張，以表示與眾不同。

出處

南朝宋．劉義慶《世說新語．文學》：「支道林拔新領異，胸懷所及，乃自佳，卿欲見不？」

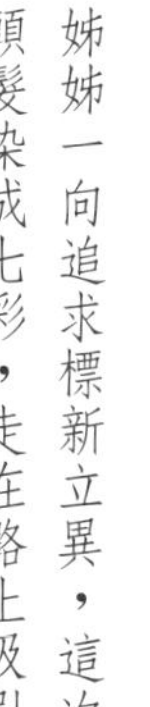

造句

姊姊一向追求標新立異，這次將頭髮染成七彩，走在路上吸引了許多人的目光。

近義詞

獨樹一幟、獨闢蹊徑

反義詞

千篇一律、了無新意

這是什麼節目？
歌唱比賽。

這是我最喜歡的選手。

呃……這位選手可真是標新立異。

他的歌唱實力可是很厲害呢！

〈文學〉是《世說新語》的第四門，記述有關於文章博學的故事。文學包括了辭章修養、學識淵博等。而當時有很多關於清談的活動，因此編纂者將這些文學活動記述下來。

管中窺豹

釋義 指從管子裡看豹，只能看到豹身上的一塊花紋。比喻只看到事物的小部分而已。

出處 《世說新語・方正》：「此郎亦管中窺豹，時見一斑。」

造句 我們對於這個領域的見解猶如管中窺豹，還是得請專家來負責。

近義詞 鼠目寸光、目光如豆

反義詞 洞若觀火、真知灼見

王獻之
你們在玩樗蒲啊。

你快輸了。

你這小鬼眼界小，如管中窺豹，只看到豹身上的一塊斑點。

我只比荀粲和劉真長差一點而已，比你們強多了！

王獻之，王羲之第七子。自幼聰明好學，跟著父親練習書法，在書法上專攻草書隸書，也擅長繪畫。與其父並稱為「二王」。逸事多見於《世說新語》與《晉書・王羲之傳》。

一往情深

釋義 對人或事物始終保有真摯深厚的感情。

出處 《世說新語．任誕》：「桓子野每聞清歌，輒喚：『奈何！』謝公聞之曰：『子野可謂一往有深情。』」

造句 他對死去的亡妻一往情深，以至於三十年過去，仍未放下。

近義詞 情深意切、一往而深

反義詞 寡情薄義、無情無義

李伯伯每天都會來這裡……

他對妻子一往情深，直到現在都難以忘懷。

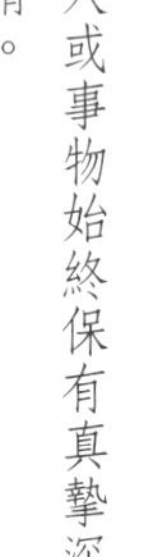
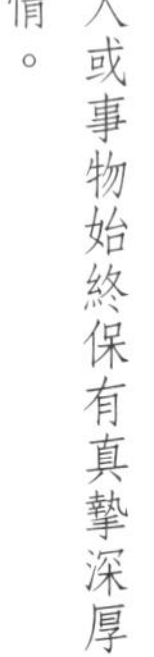
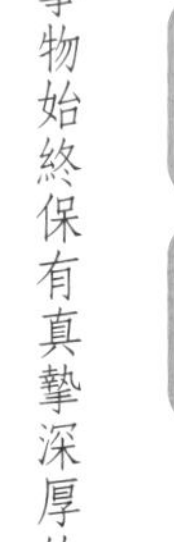

桓伊，東晉將領及音樂家，擅吹笛，有「笛聖」之稱。桓伊與謝安經常交流音樂，他每次聽到好聽的音樂時就會心情激動。謝安聽說之後，不禁感嘆桓伊對待音樂的一往情深。

鶴立雞群

釋義 鶴站在雞群之中，非常突出。後用來形容某人相當的出眾。

出處 《世說新語・容止》：「嵇延祖卓卓如野鶴之在雞群。」

造句 他氣質非凡，光是站在人群中就顯得鶴立雞群。

近義詞 頭角崢嶸、出類拔萃

反義詞 碌碌無為、魚目混珠

你要我幫忙接人，
對方大概長怎樣，
穿什麼衣服呢？

我表弟的外表出眾，站
在人群中如同鶴立雞群，
你一定能認出他的。

妳這什麼形容啦！
不過我好像知道了……

好像明星喔。

嵇紹，「竹林七賢」中嵇康的兒子。當初嵇紹剛到洛陽時，有人看到後，便對王戎說：「昨天在人群中看到嵇紹，他那雄偉挺拔的模樣，像鶴站立在雞群之中，非常突出。」演變為成語「鶴立雞群」。

楚楚可憐

釋義 形容纖弱柔美的樣子，也用於形容神情淒楚或處境不佳，令人憐憫。

出處 《世說新語．言語》：「松樹子非不楚楚可憐，但永無棟梁用耳！」

造句 別看她外表楚楚可憐，實際上卻是武術冠軍呢！

近義詞 楚楚動人、我見猶憐

反義詞 望而生畏、殺氣騰騰

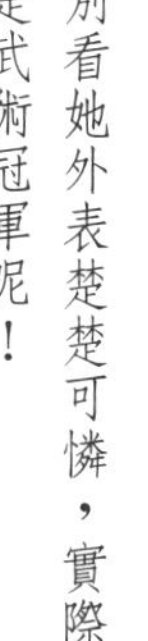

柔道館
你好。

柔道館
她應該不是來練柔道的吧？

哇！太厲害了。

你別看她外表楚楚可憐，
實際上是個高手。

「楚楚可憐」的典故與東晉著名的辭賦家孫綽有關。他品德高尚，不願意趨炎附勢。他種植了一棵松樹，細心培育。鄰居高世遠看見後說：「小松樹楚楚可憐，卻永遠無法成為棟梁！」孫綽則回：「那高大的楓樹又有什麼用呢？」

登峰造極

釋義　比喻成就達到極點或造詣高深。

出處　《世說新語．文學》：「佛經以為祛練神明，則聖人可致。簡文云：『不知便可登峰造極不？然陶練之功，尚不可誣。』」

造句　他多年來不斷的精進自己的書法，如今已是登峰造極的境界了。

近義詞　出神入化、超凡入聖

反義詞　不足為奇、平淡無奇

我輸了……

恭喜得到冠軍！

她年紀輕輕的，棋弈卻已經登峰造極，屢得佳績。
好厲害。

晉簡文帝篤信佛教，研究佛經，看到經書上寫著如果磨練自己的精神，就可以成佛。便有所感觸的說道：「如果照著這樣做，是不是馬上就可以登峰造極？」後來就衍伸出成語「登峰造極」。

口若懸河

釋義 說起話來如瀑布流洩，比喻能言善辯。

出處 《世說新語・賞譽》：「郭子玄語議如懸河瀉水，注而不竭。」

造句 他有著口若懸河的本事，因此派他去談判最適合不過，一定可以拿下合作案。

近義詞 滔滔不絕、舌燦蓮花

反義詞 默不作聲、張口結舌

晉朝時，有一個大學問家，名叫郭象。他知識淵博，講起事來頭頭是道。

我認為老子的哲理是……

聽郭象談論，好比一條倒懸起來的河流，滔滔不絕的往下灌注，永遠沒有枯竭的時候。

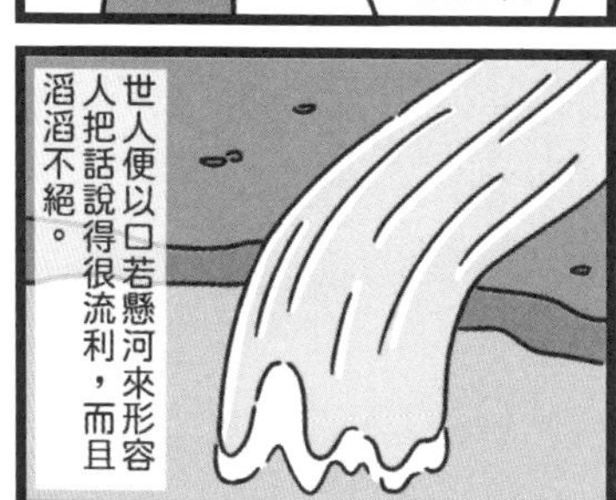
世人便以口若懸河來形容人把話說得很流利，而且滔滔不絕。

郭象，晉朝人，是玄學的集大成者，喜好老莊，口齒伶俐，能言善辯。在〈賞譽〉篇中，記載了王衍對郭象的評語，他說：「郭象說話的樣子，就像山上直瀉而下的瀑布，好像永遠不會枯竭的樣子。」後來演變為成語「口若懸河」。

拾人牙慧

釋義 牙慧，言談間流露出的智慧。比喻蹈襲他人的言論或主張。

出處 《世說新語．文學》殷中軍云：「康伯未得我牙後慧。」

造句 這個構思早就有人提出了，如今你只是拾人牙慧罷了。

近義詞 照貓畫虎、如法炮製

反義詞 獨具匠心、獨闢蹊徑

他說的真有道理！

之前有人提出過相似的見解，他的說詞並非首創，反而有拾人牙慧的嫌疑。

這樣啊……不過他還是很受歡迎。

韓康伯，晉朝人，很得舅舅建武將軍殷浩的疼愛。殷浩除了愛護康伯之外，也希望他不要驕傲自大。有一次便說：「康伯自以為學問淵博，但連我言談中的智慧都沒能理解。」後來演變為成語「拾人牙慧」。

自慚形穢

釋義　穢：讀作ㄏㄨㄟˋ，醜陋。覺得自己的容貌儀態不如別人而羞愧。

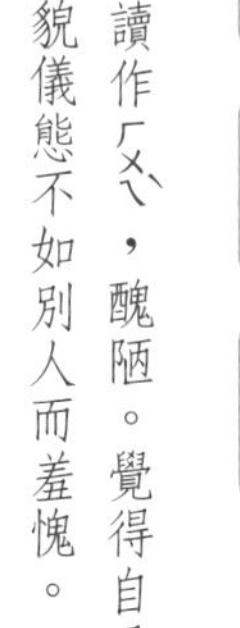

出處　《世說新語・容止》：「驃（ㄆㄧㄠˋ）騎（ㄐㄧˋ）王武子是衛玠之舅，爽有風姿，見玠輒歎曰：『珠玉在側，覺我形穢！』」

造句　她一直以來都覺得長相不如人，所以很容易產生自慚形穢的念頭。

近義詞　自感汗顏、自愧弗如

反義詞　自高自大、妄自尊大

晉代時，衛玠是有名的美男子，有一年時局不好，他跟母親投靠舅舅王濟。
王府
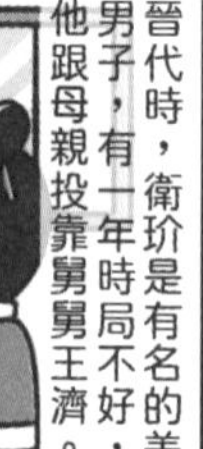

舅舅好。
這孩子長的就像玉人一般。

長的真好看啊！

你們王家的三個兒子都比不上衛玠啊。
衛玠就像明珠，我站在旁邊，不禁自慚形穢。

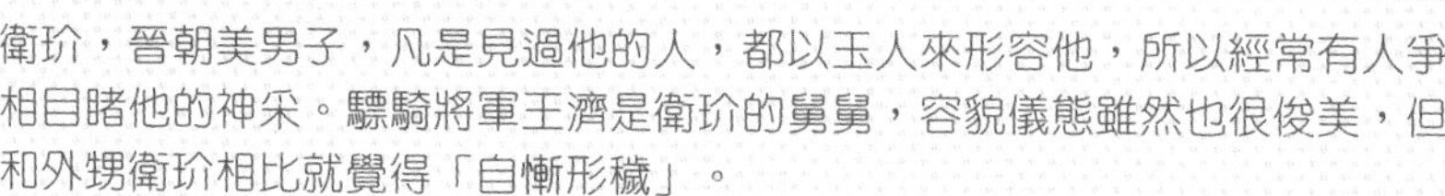

衛玠，晉朝美男子，凡是見過他的人，都以玉人來形容他，所以經常有人爭相目睹他的神采。驃騎將軍王濟是衛玠的舅舅，容貌儀態雖然也很俊美，但和外甥衛玠相比就覺得「自慚形穢」。

應接不暇

釋義

形容景物繁多，來不及觀賞。也用來形容事情繁忙，難以應付。

出處

《世說新語．言語》王子敬云：「從山陰道上行，山川自相映發，使人應接不暇。若秋冬之際，尤難為壞。」

造句

這家餐廳味美價廉，因此不管什麼時候來都高朋滿座，店員也應接不暇，所以只好採取自助點單。

近義詞

目不暇給、手忙腳亂

反義詞

遊刃有餘 155、應付自如

新開幕大優惠6折

好多人，不知道什麼時候輪到我們。
也不知道值不值得排隊。

不僅東西多，還很便宜。
難怪一堆人排隊搶購，店員忙得應接不暇。

我們也趕緊買一買！

王獻之有一次在浙江會稽山一帶，看到眼前的優美風景。不禁讚嘆：「從北邊的山陰縣出發，一路上山水輝映，瀑布傾瀉而下，美景多得看不完，讓人無法一一觀賞。」後來演變為成語「應接不暇」。

炙手可熱

釋義　手摸上去感到熱得燙人。本是比喻某人的權勢大，氣焰盛，使人不敢靠近。後也形容人廣受歡迎，名聲極盛。

出處　唐．杜甫《麗人行》詩：「炙手可熱勢絕倫，慎莫近前丞相嗔。」

造句　他執導的電影斬獲多項大獎，現在已經是炙手可熱的名導演。

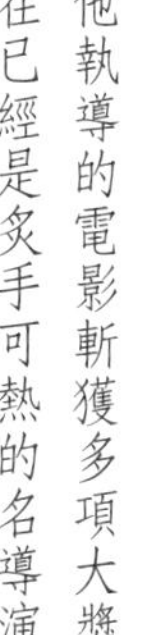

近義詞　權勢絕倫、氣焰熏天

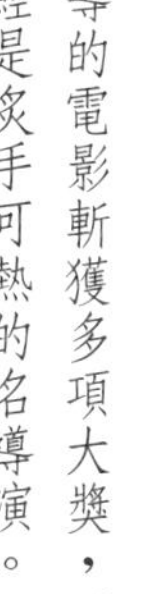

反義詞　乏人問津、門口羅雀

唐玄宗晚年寵愛楊貴妃，提拔她的堂兄楊國忠為丞相。
國忠，政事就有勞你處理了。

有一次，楊貴妃等宮廷貴族到曲江邊上踏春野宴，聲勢浩大，大擺筵席。

那位就是楊丞相吧。

楊家人在聖上面前炙手可熱，權勢大握，若隨便靠近，可是會被丞相給罵的。

《麗人行》一詩描寫楊國忠、楊貴妃在曲江春遊的情景，先是描寫各仕女的體態與服飾，接著描繪出豪華的酒宴。反映了統治者驕奢的情景，以及安史之亂前夕的社會現況。

天涯比鄰

釋義 形容朋友間的交情深厚，不因距離遙遠而覺得孤單寂寞。

出處 唐・王勃〈杜少府之任蜀州〉詩：「海內存知己，天涯若比鄰。」

造句 我跟她分別多年，但多虧現代科技發達，即使天各一方，仍舊天涯比鄰。

近義詞 天涯咫（ㄓˇ）尺

反義詞 割席分座、老死不相往來

我要回家鄉了。
我也是……
我留在這裡找工作。

我們要保持聯絡。
當然啦，我們是最好的朋友！

即使我們身處不同的地方，但彼此惦念不忘，也是天涯比鄰。

王勃與楊炯、盧照鄰、駱賓王齊名，世稱「初唐四傑」，而王勃是四傑之首。〈杜少府之任蜀州〉與一般送別詩不同的是，沒有哀傷的離愁，反而是帶著「不必為離別而憂傷」的豪壯之情。

司空見慣

釋義 司空，古代官名。比喻經常看到，所以不覺得有什麼新奇。

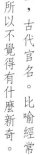

出處 唐．孟棨《本事詩．情感》：「司空見慣渾閒事，斷盡蘇州刺史腸。」

造句 她因為一點小事就情緒失控、崩潰痛哭的模樣，身邊人對此早已司空見慣。

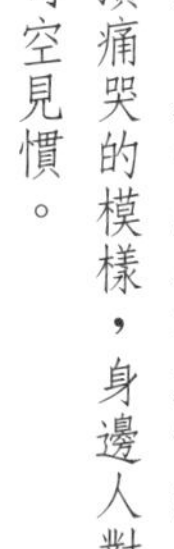

近義詞 不足為奇、習以為常

反義詞 少見多怪、見所未見

劉禹錫
這次總算能調職回到京城了。

李紳
久仰夢得兄大名，我特別喜愛您的詩文。

夢得兄請隨意。

這麼大的場面，李司空卻覺得平淡無奇。
司空見慣渾閒事，斷盡蘇州刺史腸。

李紳是唐代「新樂府運動」中的重要人物，和元稹、白居易關係密切。詩風傳承杜甫社會寫實的風格，試圖反映民生疾苦和社會弊端。早年曾作《新題樂府》二十首，可惜沒有流傳下來。

石破天驚

釋義 形容樂器彈奏出來的聲音激越高亢，驚天動地。後用「石破天驚」形容事物或言論新奇驚人。

出處 唐・李賀詩《引》：「女媧煉石補天處，石破天驚逗秋雨。」

造句 他平時總是默默做事，現在卻提出了一個石破天驚的企畫，真是令人刮目相看。

近義詞 擲地有聲、驚天動地

反義詞 平淡無奇、語不驚人

唐代詩人李賀，某次在筵席上聽到李憑彈奏。

天啊，這樂音……

李憑的箜篌絕技如同石破天驚。

想必連月宮中的吳剛、玉兔都被吸引了。

李賀，中唐的浪漫主義詩人，也是中唐到晚唐詩風轉變期的一個代表者。因為仕途不順，所以詩風冷峭、充滿著懷才不遇的悲傷，被世人稱為「詩鬼」。他一生體弱多病，二十七歲便去世了。

人去樓空

釋義　比喻故地重遊時睹物思人的感慨。或形容人畏罪潛逃，不知去向。

出處　唐．崔顥《黃鶴樓》詩：「昔人已乘黃鶴去，此地空餘黃鶴樓。」

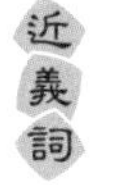

造句　這個小鎮從前熱鬧非凡，但現在卻是人去樓空，一派死氣沉沉的樣子。

近義詞　物是人非、觸景生情

反義詞　久居故里

我們要當一輩子的好朋友。
妳要回來找我喔！

沒想到早已人去樓空，物是人非……

崔顥，盛唐詩人。代表作為《黃鶴樓》，描述他晚年登上黃鶴樓，想起仙人乘鶴升天的典故，一時間充滿懷古幽情，便詩興大發，在壁上寫下了這首名詩作。

人面桃花

釋義 女子容貌美麗，可與桃花爭豔。後亦用「人面桃花」形容景色依舊，而人事已非的感傷。

出處 唐・崔護《題都城南莊》詩：「去年今日此門中，人面桃花相映紅。人面不知何處去，桃花依舊笑春風。」

造句 自從畢業後，我已經二十年沒有回到這裡，如今舊地重遊，頗有人面桃花之感。

近義詞 人去樓空、物是人非

反義詞 長相廝守、天長地久

唐代詩人崔護有一年清明節時，到長安城南遊玩。
好美的農莊啊！

有人在嗎？在下想討杯水來解渴。

記得去年就是來這座農莊。沒想到沒人在了……

人面桃花相映紅

崔護，唐代人，生平事蹟不詳，至今僅流存六首詩作，而《題都城南莊》一詩不僅膾炙ㄎㄨㄞˋㄓˋ人口，甚至多次被引用於文學作品，甚至改編為雜劇，對後世影響極深，成語「人面桃花」便出自於此詩。

走馬看花

釋義

原形容事情如意，心境愉快。後多指大略地觀察一下。

出處

唐・孟郊《登科後》詩：「春風得意馬蹄疾，一日看盡長安花。」

造句

由於時間有限，對於這些藝術品，我們也只好走馬看花了。

近義詞

浮光掠影、蜻蜓點水

反義詞

細心吟味、下馬觀花

這個給你，我上週去法國羅浮宮買的。

哇！那裡有著來自世界各地的藝術品，你都看了哪些呢？

呃……這個嘛，那天時間太趕，我只是走馬看花了一下。

真是太可惜了。

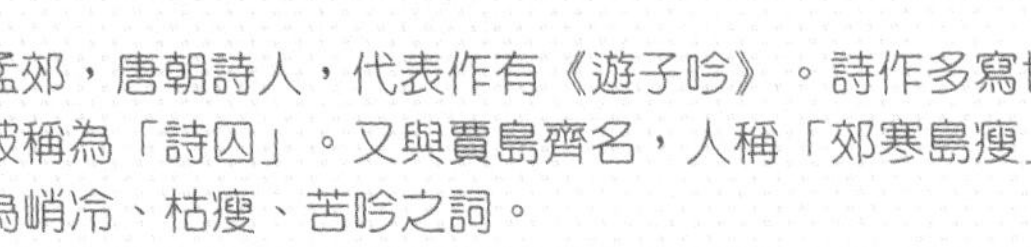

孟郊，唐朝詩人，代表作有《遊子吟》。詩作多寫世態炎涼，民間疾苦，故被稱為「詩囚」。又與賈島齊名，人稱「郊寒島瘦」，顯現出兩人的詩風多為峭冷、枯瘦、苦吟之詞。

揚眉吐氣

釋義 形容擺脫長期壓抑後的暢快神情。

出處 唐·李白〈與韓荊州書〉：「今天下以君侯為文章之司命，人物之權衡，一經品題，便作佳士。而君侯何惜階前盈尺之地，不使白揚眉吐氣，激昂青雲耶？」

造句 我多年來一直輸給他，如今終於揚眉吐氣，在這場比賽中獲得冠軍。

近義詞 出人頭地、意氣風發

反義詞 垂頭喪氣、自怨自艾

李白
聽說荊州長史韓朝宗喜歡有才能的人，那我來毛遂自薦！

我滿懷壯志，是個有才能的人……
詩文能力 ✓
有氣概 ✓
有道義 ✓

希望韓大人能讓我為荊州效犬馬之勞，從此我便可以揚眉吐氣。

我對此人沒興趣。

唐代詩人李白希望能受到韓荊州的重視，於是毛遂自薦，寫了封信給韓荊州。李白表明自己有心效力朝廷，希望能得到一個機會「揚眉吐氣」，可惜最後不受韓荊州的青睞。

馬耳東風

釋義　比喻對別人的話無動於衷。

出處　唐・李白《答王十二寒夜獨酌有懷》詩：「世人聞此皆掉頭，有如東風射馬耳。」

造句　對於長輩的好言相勸，他當作馬耳東風般，依然整天遊手好閒。

近義詞　充耳不聞、無動於衷

反義詞　拳拳服膺、銘記在心

Z
Z
Z

你上課時總是在睡覺，是不是不感興趣呢？還是因為……

別再白費力氣了。他把你的話當作馬耳東風，根本不在乎。

現在放棄還太早了，我再跟他父母談一談。

李白的朋友王十二寫了一首題為《寒夜獨酌有懷》的詩贈給李白，李白便寫了答詩《答王十二寒夜獨酌有懷》，更在此詩中抒發小人得勢，而志士才人所不受重視的心境。

似曾相識

釋義　好像曾經見過。形容見過的事物再度出現。

出處　宋・晏殊《浣溪沙》詞：「無可奈何花落去，似曾相識燕歸來，小園香徑獨徘徊。」

造句　這是我們第一次見面，我卻對你有著似曾相識的感覺。

近義詞　似有若無

反義詞　素不相識、萍水相逢

奇怪，這地方好熟悉……

怎麼了？
這裡我明明沒有來過，卻覺得似曾相識。

其實妳還是嬰兒的時候，我們有帶妳來過喔！沒想到妳會有印象。

晏殊，北宋著名的文學家、政治家。十四歲時便以神童之姿應試，得到宋真宗的嘉獎。在文壇上的地位很高，與歐陽修並稱為「晏歐」，與其子晏幾道並稱為「大小晏」。

乍暖還寒

**釋義** 氣候冷熱不定，忽冷忽熱。

**出處** 宋．李清照〈聲聲慢．尋尋覓覓〉詞：「乍暖還寒時候，最難將息。三杯兩盞淡酒，怎敵他，晚來風急。」

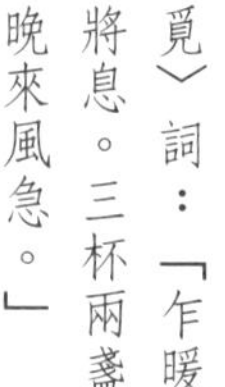

**造句** 早春的天氣乍暖還寒，還是要注意身體，以免感冒了。

**近義詞** 春寒料峭

反義詞 春風和煦

今天天氣真好，出門走走好了。
我出門囉！
等等。
你再多帶一件衣服吧，雖然現在出太陽，不過乍暖還寒，早溫溫差大。

好喔，謝謝媽。
路上小心。

李清照，為中國著名的女詞人。自號易安居士，與辛幼安（辛棄疾）並稱「濟南二安」。常以「瘦」字入詞，巧妙的形容花容人貌，更留下了因「瘦」而名的詞句，因此被稱為「李三瘦」。

三言兩語

釋義 三兩句話就說完了。

出處 宋・吳潛〈望江南・家山好〉詞：「六字五胡生口面，三言兩語費顏情。」

造句 這件事情牽涉的人眾多，關係複雜，不是三言兩語就能說完的。

近義詞 言簡意賅、言少意深

反義詞 長篇大論、連篇累牘

今天畢業典禮，首先要恭喜各位家長，貴子弟不負父母親的養育栽培，學業有成，就要畢業了……
……

主任也講太久了吧。
之後還有校長致詞，希望不要太久。

祝福各位畢業生鵬程萬里！

幸好校長三言兩語就講完了。
總算結束啦！

吳潛，南宋中晚期著名政治家。詞風近於辛棄疾，多是抒發憂國憂民的情懷，風格沉鬱，感慨特深。任丞相期間，不斷被奸臣賈似道陷害。最後甚至被其黨羽毒害，享年六十八歲。

無病呻吟

釋義 本無疾病而呻吟做作。比喻人妄發牢騷。

出處 宋・辛棄疾〈臨江仙・老去渾身無著處〉詞：「更歡須歎息，無病也呻吟。」

造句 你不用擔心他了，他只不過又是在無病呻吟罷了。

近義詞 裝腔作勢 246、矯揉造作

反義詞 自然而然、天真爛漫

我現在工作不錯，感情也很穩定，但是，卻覺得這不是我想要的……

我覺得我可以做一些什麼事情來改變，但是又好茫然……

妳有在聽嗎？我真的很煩惱。

我就直說了，如果妳想要改變就要去行動，而不是無病呻吟。

辛棄疾，字幼安，南宋詞人，別號稼軒。出生時，中原國土已經被金兵占領。二十一歲參加抗金義軍，不久歸南宋。其詞滿懷著愛國熱情以及傾訴壯志難酬的悲憤，風格豪邁又不乏細膩。

好事多磨

釋義 渴望美好的事，往往要歷經很多波折才能如願。

出處 宋．晁端禮〈安公子．漸漸東風暖〉詞：「正好花前攜素手，卻雲飛雨散。是即是、從來好事多磨難。」

造句 這場婚禮先是遇到停電，延期後又遇到天災，真是好事多磨。

近義詞 好事難諧、一波三折

反義詞 一帆風順、天從人願

恭喜恭喜！

不過距離你上次的展覽，
隔了好長一段時間。

唉，先是遇上颱風，再來
是場地漏水。一延再延，
如今總算開幕。

好事多磨啊，
幸好如今圓滿成功。

晁端禮，北宋詞人，多婉約之作。在〈安公子〉一詞，描述了有情人不能相守的遺憾。戀人因故而不得不分離，只留下了回憶。所以說「從來好事多磨難」，感嘆似乎要經過重重的考驗，才能盼來重逢的機會。後來演變為成語「好事多磨」。

小巧玲瓏

釋義 小巧：小而靈巧；玲瓏：精巧細緻。形容東西小而精緻。

出處 宋·辛棄疾〈臨江仙·戲為山園壁解嘲〉詞：「莫笑吾家巷壁小，稜（ㄌㄥˊ）層勢欲摩空。相知唯有主人翁，有心雄泰華，無意巧玲瓏。」

造句 他很喜歡小巧玲瓏的擺飾，整間屋子猶如小精靈的天堂。

近義詞 玲瓏剔透、嬌小玲瓏

反義詞 碩大無朋、龐然大物

哇，這好可愛喔。

盆栽裡面還有小巧玲瓏的擺飾。

老闆，我們要買這些！

辛棄疾在瓢泉別墅開山路時發現一座石壁，他取名為蒼壁。消息傳出後，人們紛紛來參觀，卻很是失望。辛棄疾便作〈臨江仙〉一詞回應，抒發自己快意暢達的胸懷。

不堪回首

釋義 指對過去的事情想起來就會感到痛苦，因而不忍去回憶。

出處 五代十國・李煜〈虞美人・春花秋月何時了〉詞：「小樓昨夜又東風，故國不堪回首月明中。」

造句 他童年很辛苦，往事不堪回首，可別問他那些過往經歷。

近義詞 創鉅痛深、痛定思痛

反義詞 喜出望外、欣喜若狂

說好了，今天一起玩遊戲到天亮！

天啊，你跟以前差這麼多！這是怎麼一回事？

往事不堪回首，別看了。

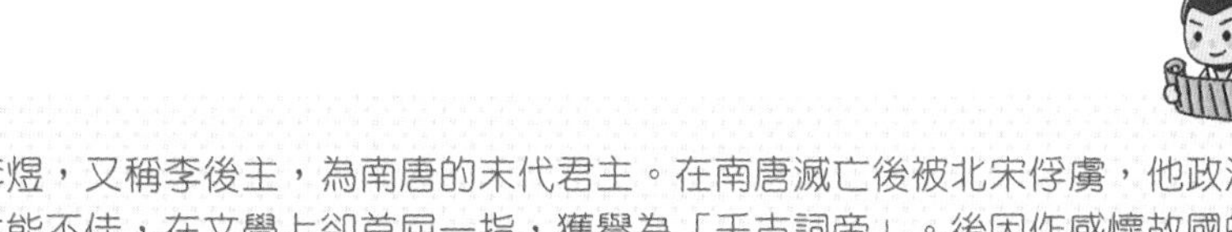

李煜，又稱李後主，為南唐的末代君主。在南唐滅亡後被北宋俘虜，他政治才能不佳，在文學上卻首屈一指，獲譽為「千古詞帝」。後因作感懷故國的名詞〈虞美人〉而被宋太宗毒死。

朝思暮想

釋義 白天晚上都在想念。形容思念極深。

出處 宋・柳永〈傾杯樂・皓月初圓〉詞：「朝思暮想，自家空恁添清瘦，算到頭，誰與伸剖。」

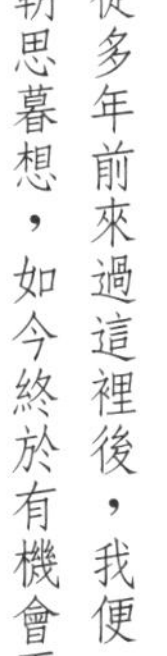

造句 自從多年前來過這裡後，我便一直朝思暮想，如今終於有機會再度造訪。

近義詞 魂牽夢繞、牽腸掛肚

反義詞 一無所求、無欲無求

這裡這裡！

好久不見，我兩年沒回來了。

走，為妳準備了接風宴。大家都在等妳。

妳怎麼知道我朝思暮想的就是這個。臭～豆～腐！

柳永，北宋著名詞人。早年在汴京生活，經常流連歌樓酒肆，寫下許多描述歌妓的豔詞，為士大夫所鄙視，因而影響仕途。多以慢詞創作，拓展了宋詞的形式。其詞風坦率生動，不避口語，影響後世通俗文學。

雪泥鴻爪

釋義 比喻往事所遺留的痕跡。

出處 宋・蘇東坡〈和子由澠池懷舊〉詩：「人生到處知何似？應似飛鴻踏雪泥。泥上偶然留指爪，鴻飛那復計東西。」

造句 從前這裡是輝煌的城市，如今已不復當年榮景，只能從史書中捕捉到雪泥鴻爪。

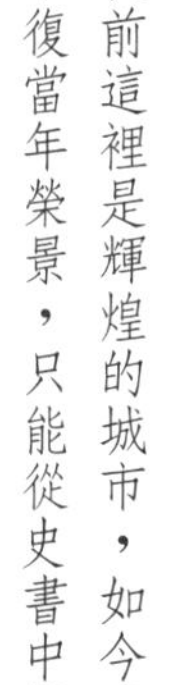

近義詞 世事無常、白雲蒼狗

反義詞 煙消雲散、消聲匿跡

蘇軾
子由，想當初我們兄弟倆到過一家寺廟借宿，還在牆上題了詩。

現在那裡的老和尚已經過世了，那面牆應該也早已不在……

你覺得人生像是什麼呢？

我覺得就如同雪泥鴻爪，飄忽不定啊！

蘇軾，北宋時著名的文學家、政治家，號東坡居士。首開詞壇「豪放」一派，振作了晚唐以來綺靡的西崑體餘風。最知名作品為貶謫期間借題發揮寫的前後《赤壁賦》。

打退堂鼓

釋義 比喻中途退縮放棄。

出處 元・關漢卿《竇娥冤》第二折：「左右，打散堂鼓，將馬來，回私宅去也。」

造句 一想到這件事情只要做下去，就沒有回頭路，心中不免冒出打退堂鼓的念頭。

近義詞 畏縮不前、半途而廢

反義詞 擊鼓進軍、揮師前進

哇，登山看起來很不錯耶，我下次也想跟你一起去。

好啊，不過平常要有運動習慣，每天至少一小時比較好。

8kg
還需要背上至少8公斤的背包，所以最好也來點負重訓練，另外……

呃……我想想，還是打退堂鼓好了。

《竇娥冤》為元朝關漢卿的雜劇代表作，取材自民間故事「東海孝婦」。情節反映出元代貪官汙吏草菅人命、充斥政治弊端的情況。其中一個情節為「六月飛雪」，人們後來以此比喻為天下奇冤。

鬼使神差

釋義　好象有鬼神在指使著一樣，不自覺地做了原先沒想到要做的事。

出處　元・無名氏《碧桃花》第四折：「這一場悄促促似鬼使神差。」

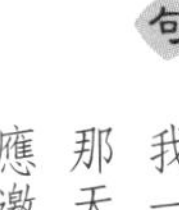

造句　我一向不喜歡參加戶外活動，但那天彷佛鬼使神差似的，竟然答應邀約。

近義詞　陰差陽錯、不由自主

反義詞　從心所欲、獨立自主

你懷裡有什麼啊？

我今天下班時，鬼使神差的走了另一條路，結果就遇見牠了。

我覺得這是個緣分，就帶牠回來了。
快進來吧，牠可能凍壞了。

《碧桃花》，元代雜劇，描寫碧桃花與張道南從初會到完婚的曲折經過。不僅歌頌了生死不渝的愛情，還揭露了古代婚姻須聽從父母之命的虛偽和殘酷現象。

望穿秋水

釋義　形容深切的盼望。

出處　元．王實甫《西廂記．第三本．第二折》：「放心去，休辭憚。你若不去呵，望穿他盈盈秋水，蹙損他淡淡春山。」

造句　他跟戀人相隔兩地，每每到機場接機，總是望穿秋水的等待。

近義詞　望眼欲穿、翹首已盼

反義詞　冷眼旁觀、毫不在意

我去上班囉。

在家要乖乖。

你去上班後他就一直等著，簡直望穿秋水。

王實甫，元朝雜劇作家，著有雜劇十四種，最著名的為《西廂記》。故事講述書生張君瑞和相國小姐崔鶯鶯的愛情故事，他們在紅娘的幫助下，突破了封建禮教的禁錮ㄍㄨˋ，終成圓滿的結局。

未卜先知

釋義　不需要占卜，就能知道事情結果。形容在事情發生前即能預測其結果。

出處　元・無名氏《桃花女》第三折：「賣弄殺《周易》陰陽誰似你，還有個未卜先知意。」

造句　他一向神祕莫測，能夠說對一些事件，彷彿有未卜先知的本領。

近義詞　神機妙算、先見之明

反義詞　事後諸葛、世事難料

糟糕，忘記帶鑰匙了。

喂，爸爸喔。
你今天回家，然後忘記帶鑰匙對吧？

!?
爸怎麼知道的！我都不知道你有未卜先知的能力。

那是因為我剛好到家。

《桃花女》，全名為《桃花女鬥周公》，本來為中國著名民間傳說，後來逐漸演變為雜劇等文學創作。故事為一個精通命理的少女與知名的算命先生周乾以術法相鬥，當中包括不少嫁娶之習俗與傳統的擇日學觀念。

洗耳恭聽

釋義 洗乾淨耳朵恭敬地聆聽，比喻專心恭敬地聆聽。

出處 元・鄭廷玉《楚昭公》第四折：「敝國僻遠，不知其詳，請大王試說一遍，容小官洗耳恭聽。」

造句 這次機會難得，特地請來專家為我們演講，大家都洗耳恭聽。

近義詞 張耳拱聽、傾耳而聽

反義詞 充耳不聞、馬耳東風 230

妳看起來心情很不好，是有什麼事情嗎？
不知道怎麼說……

儘管說吧，我洗耳恭聽。

其實，最近家裡出了一點事情，然後……

《楚昭公》，元代雜劇。故事描寫春秋時代吳楚兩國交戰，而楚昭王兵敗逃亡，在渡船時遇見大風浪，導致全家人失散。後來楚昭王歷盡艱險，最後與家人團聚，並成功復國。

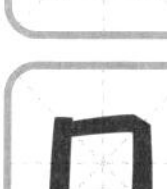

信口開河

釋義 比喻隨口亂說一氣。

出處 元・關漢卿《魯齋郎》第四折：「你休只管信口開合，絮絮聒聒。」

造句 他向來喜歡信口開河，導致最後都沒有人願意相信他了。

近義詞 胡言亂道、口不擇言

反義詞 一諾千金、言之鑿鑿

怎麼了？遇到什麼困難了嗎？
唉，這個案子總經理反對……

放心，交給我，我去幫你處理！
真的嗎？太感謝了。

你前幾天說要幫我，不曉得情況如何？
這個喔，你自己再去問問看。

怎麼這樣……
他就是信口開河，隨便說說，你還是靠自己比較實在。

《魯齋郎》，元代雜劇，為公案戲。故事描寫豪強惡霸魯齋郎強奪了人妻，害得兩家人妻離子散。後來藉由宋代清官包拯之手，將魯齋郎繩之以法，兩家終得團圓。

裝腔作勢

釋義　拿腔拿調，故意做作想引人注意或嚇唬人。

出處　元．蕭德祥《殺狗勸夫》第四折：「半盞茶時，求和到兩回三次，你枉做個頂天立地的男兒，教那廝越粧模越作勢，盡場兒調刺。」

造句　他說話時喜歡裝腔作勢，但卻又很快被大家看穿，因此不得人緣。

近義詞　矯揉造作、故作姿態

反義詞　純真自然、赤子之心

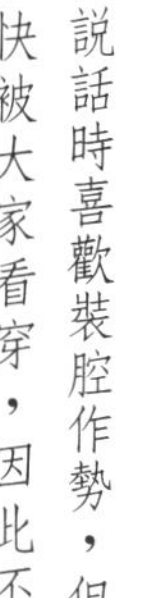

我走不動了，可以幫我拿東西嗎？

好像有蛇！
天啊，快跑。

她不是說走不動了嗎？
只是在裝腔作勢啦！

成語「裝腔作勢」的由來，出自元代雜劇，戲文中的柳胡懷疑孫家兄弟殺人，便氣燄高張的要求封口費。而文句中的「粧模作勢」意旨高姿態恫嚇對方。後來演變為「裝腔作勢」。

烏煙瘴氣

釋義 形容人事渾濁、氣氛不諧，或形容環境汙染不潔。

出處 清．文康《兒女英雄傳．第二一回》：「何況問話的又正是海馬周三烏烟（煙）瘴氣這班人，他那性格兒怎生瞥得住？」

造句 這裡工廠林立，經常烏煙瘴氣，使得附近居民苦不堪言。

近義詞 昏天黑地、烏七八糟

反義詞 水木清華、井然有序

這個菜鳥真的很不會看臉色。

我無法再待下去，我決定做到月底。再麻煩了，謝謝。
人事

新人都撐不了太久。
沒辦法，那幾個人把辦公室搞得烏煙瘴氣，沒幾個人待得了。

成語「烏煙瘴氣」多見於清代小說中。像是《兒女英雄傳》第二一回，敘述海馬周三等人時，因為他們是強盜出身，便用「烏煙瘴氣」來形容，意涵渾濁不正。

南柯一夢

釋義 比喻人生如夢，富貴得失無常。

出處 唐．李公佐《南柯太守傳》：「生因請罷郡，護喪赴國，王許之，便以司農田子華行南柯太守事。」

造句 過去的他風光無限，現在想來如同南柯一夢，安於平淡的生活。

近義詞 黃粱一夢、莊周夢蝶

反義詞 如願以償、心想事成

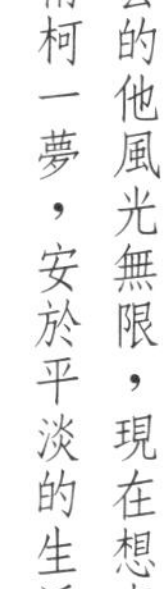

淳于棼真是醉得不醒人事。
Z
Z

南柯郡

看你最近悶悶不樂，不如回家探望親人吧！

是做夢啊，但好像經歷了一輩子。
南柯一夢，變化無常。

《南柯太守傳》為唐代傳奇作品，李公佐著。故事描寫著淳于棼在古槐樹下醉倒，夢見自己變成槐安國的駙馬，任南柯太守二十年，歷經波折後，最後被遣返故里，最後醒來發現為一場夢。故事濃縮為成語「南柯一夢」。

聽天由命

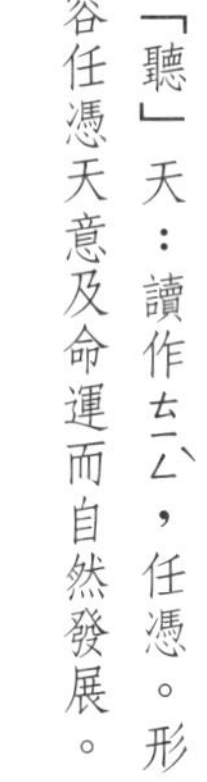

釋義　「聽」天：讀作ㄊㄧㄥˋ，任憑。形容任憑天意及命運而自然發展。

出處　清．文康《兒女英雄傳．第一回》：「老爺又是位循規蹈矩，聽天任命，不肯苟且的人，只得呈報銷假投供。」

造句　面對天災的肆虐，他也無能為力，只能聽天由命了。

近義詞　順天應命、聽其自然

反義詞　事在人為、謀事在人

叔叔、嬸嬸，風雨這麼大，你們要去哪裡？
颱風要來了，我們要趕快去田裡搶收。

你趕快回家。
我等等去幫忙！

如果來不及搶收完怎麼辦？
那也只能聽天由命了……

《兒女英雄傳》描寫了清朝康熙雍正年間的一樁公案。故事以十三妹為主人公，其父遭朝廷大員紀獻唐殺害，卻無處申冤。因此十三妹浪跡天涯，學習武藝，打算報仇雪恨。

步步為營

釋義 比喻行動謹慎，防備周全。

出處 明．羅貫中《三國演義．第七一回》：「淵為人輕躁，恃勇少謀。可激勸士卒，拔寨前進，步步為營，誘淵來戰而擒之。」

三國時期，魏國與蜀國彼此交戰數次，劉備派黃忠及法正攻打定軍山。
夏侯淵堅守不出，實在難為。

我有一計。聽聞夏侯淵為人輕浮急躁，若我軍每前進一程，就建立一個營壘，如此步步為營，定能引誘他出戰。
絕妙好計！

蜀
蜀

蜀軍慢慢地靠近了，擊退他們！

造句 若想要深入亞馬遜雨林，必須要步步為營，小心應對。

近義詞 穩紮穩打、小心謹慎

反義詞 橫衝直撞、貿然行事

黃忠，三國時蜀漢的著名將領。陳壽在撰寫《三國志》時，將黃忠與關羽、張飛、馬超、趙雲合為一傳。羅貫中的長篇小說《三國演義》中又將該五人並稱「五虎上將」，廣為世人所知。

大刀闊斧

釋義 形容做事果斷、有魄力。

出處 明．施耐庵《水滸傳．第三四回》：「秦明辭了知府，飛身上馬，擺開隊伍，催趲（ㄗㄢˇ）軍兵，大刀闊斧，逕奔清風寨來。」

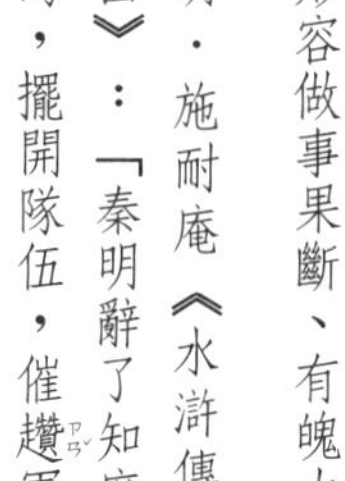

造句 新任經理來了之後，便大刀闊斧的改革制度，挽救了公司的頹勢。

近義詞 雷厲風行、大馬金刀

反義詞 畏首畏尾、優柔寡斷

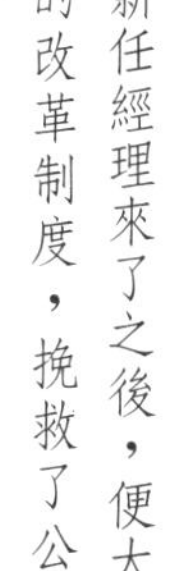

我們昨天去的餐廳很好吃，下次再去吧！
好啊。

這位是新到職的經理。
大家好。

我就做到今天，大家好好加油。

經理很嚴格，一來就大刀闊斧的裁員。
我們要多努力了！

「大刀闊斧」原本指大刀和闊斧兩種兵器，用來形容軍隊的威猛聲勢。在《水滸傳》第三四回中提到：「大刀闊斧，逕奔清風寨來。」則是比喻處事果斷、有魄力。

慷慨解囊

釋義　指輕財仗義，毫不吝嗇地捐助錢財給人。

出處　明．施耐庵《水滸傳．第五回》：「魯智深見李忠、周通不是個慷慨之人，作事慳吝。」

清．蒲松齡《聊齋志異．卷四．鬼作筵》：「適見四人來，欲捉我去。幸阿翁哀請。且解囊賂之，始去。」

造句　一聽說這家人的困境，鄰居們紛紛慷慨解囊，希望幫忙他們度過危機。

近義詞　仗義疏財、傾囊相助

反義詞　一毛不拔、愛財如命

News!
8級的強震，造成嚴重災情，房屋倒塌、電力中斷，受災戶共有……

政府震災專戶
帳號 1234567
捐款電話 8888
各界紛紛慷慨解囊，協助災民重建家園，恢復生活。

我也要幫忙。
我們也幫點忙吧！

「慷慨解囊」由「慷慨」及「解囊」二語組合而成。前者來自魯智深覺得山寨主人「不是個慷慨之人」；後者來自《聊齋志異》中的杜秀才為解救妻子魂魄，而解囊拿出銀兩來賄賂鬼差。

不識泰山

釋義 比喻不知禮敬或認不出地位高、本領大的人。

出處 明・施耐庵《水滸全傳・第二回》：「師父如此高強，必是個教頭。小兒有眼不識泰山。」

造句 沒想到眼前這幅畫是大師名作，我真是有眼不識泰山。

近義詞 有眼無珠、鼠目寸光

反義詞 心如明鏡、洞若觀火

妳要不要跟我們一起打球？我可以教妳。
我會打。

哇塞，太厲害了。

我剛剛想起來了，妳是世界球后啊！我真是有眼不識泰山。

不識「泰山」，不是指中國的五嶽，而是來自於一個人名。相傳魯班的手藝非常高明，有一次他在考察徒弟時，以為徒弟泰山沒什麼長進，便將他掃地出門。卻沒想到泰山的技藝高超，令魯班不禁感嘆有眼不識泰山啊。

初出茅廬

釋義 原比喻初露頭角。現比喻剛離開家庭或學校出來工作。缺乏經驗。

出處 明・羅貫中《三國演義・第三九回》：「直須驚破曹公膽，初出茅廬第一功。」

造句 他初出茅廬，不過能力出眾，很快就被提拔。

近義詞 初露鋒芒、涉世未深

反義詞 老成持重、老馬識途 175

各位面試官好，我、我、我……

糟糕，太緊張了，連話都沒說好。

他缺乏經驗，可能難以應對。
我倒覺得可以培養。

他讓我想起我初出茅廬的時候，雖然笨拙，卻有著滿腔熱情，給他一個機會。

《三國演義》第三九回，劉備三顧茅廬請出諸葛亮並拜為軍師。諸葛亮來到軍中不久，便遇到曹操派十萬大軍來攻。而初出茅廬的諸葛亮布下計謀，最後漂亮的贏得勝利。

移花接木

釋義 比喻暗地裡使用手段，以假換真，欺騙他人。

出處 明・凌濛初《初刻拍案驚奇・卷三五》：「曉得他已有知覺，不許人在他面前提起一句舊話，也不許他周秀才通消息往來。古古怪怪，防得水洩不通。豈知暗地移花接木，已自雙手把人家交還他。」

造句 他以移花接木的手法竄改別人的作品，來進行不法獲利，如今已被逮捕。

近義詞 偷天換日、魚目混珠

反義詞 貨真價實、堂堂正正 194

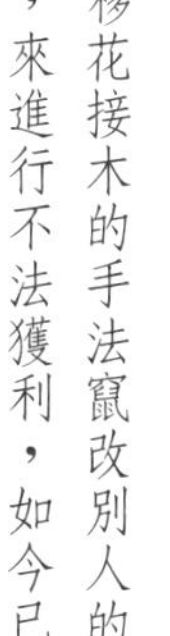

叮咚──

我看到你一張很奇怪的照片……
什麼照片？

太過分了，竟然移花接木我的頭像，是誰做的？

「移花接木」原本是一種園藝植栽方法，將花木的枝條接到別種花木上。所以形成了本來不同種的花，卻長在別種的樹木上。後世常用於小說之中，表示了以假換真，欺騙他人。

啞口無言

釋義 像啞巴一樣說不出話來。形容理屈詞窮的樣子。

出處 明．馮夢龍《醒世恒言》卷八：「『他也有兒子，少不也要娶媳婦。看三朝可肯放回家去？聞得親母是個知禮之人，虧他怎樣說了出來？』一番言語，說得張六嫂啞口無言。」

造句 當證據擺在眼前時，他頓時啞口無言，無法反駁。

近義詞 無言以對、張口結舌

反義詞 口若懸河 218 、喋喋不休

這跟我的設計好像，根本是抄襲我！
FASHION

這件衣服是我之前曾經拿給你看過的，你卻更改部分後，當作是你的作品發表。

妳沒有證據就不要亂說喔。

呃……
我有證據！現在啞口無言了吧。

《醒世恆言》共有四十章，每章為一個短篇小說。內容多取材於現實生活以及民間傳說，主題包含了官員昏庸、婚姻、愛情等故事。描寫細膩，人物形象鮮明，有許多名篇為人稱道。

別出心裁

釋義 比喻獨創一格，與眾不同。

出處 明・李贄《水滸全書發凡》：「今別出心裁，不依舊樣，或特標於目外，或疊采於回中。」

造句 為了慶祝結婚二十周年，他別出心裁的準備了一場水上夢幻派對。

近義詞 另闢蹊徑、自成一格

反義詞 一成不變、如出一轍

準備要開始了！

哇，這設計真酷。

她為了呼籲環保，別出心裁的使用一些材質來設計衣服！

原來如此，的確會讓人省思快時尚所帶來的問題。

「別出心裁」原作「別出新裁」，指新的設計謀畫。最早是說《忠義水滸傳全書》的形式除了文字之外，還加上圖畫，讓讀者體會故事情節和人物情態，這種方法「別出新裁」。

心血來潮

釋義　思緒像浪潮般地突起。原指神仙對人事的感應與預知。

出處　明．許仲琳《封神演義．第三十四回》：「但凡神仙，煩惱、嗔癡、愛欲三事永忘……心血來潮者，心中忽動耳。」

造句　他最近突然心血來潮，決心徒步旅行，走到哪玩到哪。

近義詞　靈機一動、念頭一閃

反義詞　蓄意已久、謀定而動

生日快樂！

哇！好久不見，你們怎麼會來？

想到今天是你的生日，經過蛋糕店時，突然就心血來潮給你一個驚喜。
感動～

《封神演義》第三四回，描述武將黃飛虎不滿商紂王的暴虐，決定反叛。在牌關被守關大將余化阻擋，雙方交戰。而仙人太乙真人「心血來潮」感應到黃家父子受難，便派哪ㄋㄨㄛˊ吒ㄓㄚˋ前往援助。

輕描淡寫

釋義 形容言論或寫作時，避開關鍵，將重點輕輕帶過。

出處 清．吳趼人《二十年目睹之怪現狀．第四十八回》：「臬（ㄋㄧㄝ）台見他說得這等輕描淡寫，更是著急。」

造句 明明問題非常嚴重，他卻輕描淡寫的帶過，實在令人不解。

近義詞 蜻蜓點水、避重就輕

反義詞 入木三分、刻畫入微

他怎麼好幾天沒來上課啊？
不知道，而且他也沒回覆訊息。

我回來了。
你的手怎麼了？

沒什麼。
你失聯好幾天，大家都很擔心，現在卻只是輕描淡寫地回答。太不夠意思啦！

讓大家擔心了……
幸好沒什麼大事。

「輕描淡寫」原作「輕描淡染」。最早來自明代祁彪佳《遠山堂曲品》中對於《弄珠樓》曲的評論。他提到此曲的特色是輕輕帶過的描繪，不讓情境落於平實。後來演變為成語「輕描淡寫」。

旁敲側擊

釋義 不直接提出疑問，而從旁推敲以探取實情。

出處 清・蒲松齡《聊齋志異・卷一二・新鄭訟》清・但明倫・評：「事有難於驟明者，有得其端倪而不能以口舌爭者，非旁敲側擊，用借賓定主之法，則真無皂白矣。」

造句 如果你想問什麼就直說，不必旁敲側擊的探聽。

近義詞 拐彎抹角、借題發揮

反義詞 直言不諱 141、開門見山

你看你看，你覺得這個溫泉怎麼樣？
看起來還不錯。
這裡還有溫泉蛋，我記得你喜歡吃對吧？
冬天泡湯趣
嗯嗯。
下個禮拜是不是有寒流？
妳一直旁敲側擊地問我，其實是妳想去泡溫泉吧！

那～帶我去！
好啦好啦。

「旁敲側擊」來自《聊齋志異》中一則故事。有一個張姓商人被搶劫，後來將犯人狀告給新鄭縣令，然而卻無證據可以捉賊。而新鄭縣令利用一些方法旁敲側擊、探取實情，才使得真相大白。

大名鼎鼎

釋義 形容人的名氣聲望很大。

出處 清．李寶嘉《官場現形記．第二十四回》：「老人家道：『你一到京，打聽人家，像他這樣大名鼎鼎，還怕有不曉得的？』」

造句 他年少勤勉，敢於拚搏，如今已經是大名鼎鼎、無人不曉的企業家。

近義詞 名滿天下、名聞遐邇

反義詞 籍籍無名、無名小卒

歡迎歡迎。
打擾了。

哇，你家也太多收藏品了。

你來看看這個，這可是大名鼎鼎的雕刻家的作品。

呃……真是特別。

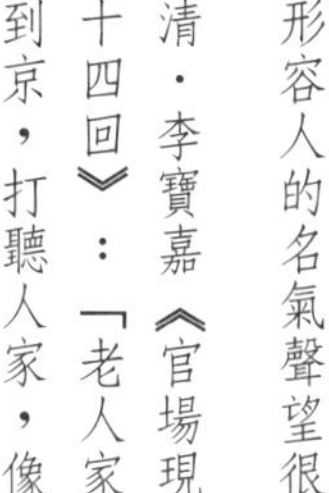

《官場現形記》共六十回，體裁模仿《儒林外史》。由一系列獨立的人物故事串連而成，雖然顯得雜亂散漫，然而揭露官場黑暗腐敗的題材深得民心，因此被世人所推崇。

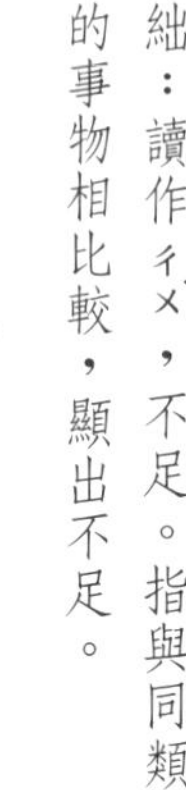

相形見絀

釋義 絀：讀作ㄔㄨˋ，不足。指與同類的事物相比較，顯出不足。

出處 清．吳趼人《二十年目睹之怪現狀》第九十回：「他一個部曹，戴了個水晶頂子去當會辦，比著那紅藍色的頂子，未免相形見絀。」

造句 當他的作品一拿出來，我的作品就顯得相形見絀。

近義詞 相形失色、自慚形穢 220

反義詞 相得益彰、不分軒輊

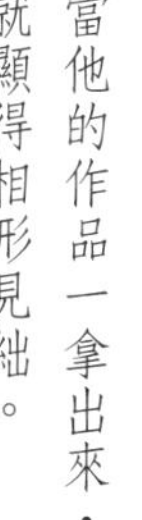

我們準備將大家的作品展示出來，就請大家下次交作品。

終於完成了，我覺得這個作品很棒。

哇！你做的好棒啊！
太厲害了。

我的作品和他比較起來相形見絀，真是不好意思拿出來了。

清代官員可以從官服上看出官階，尤其是朝冠上的頂珠，更是重要的識別標誌。如一品官便一律佩有紅寶石的頂珠。所以在《二十年目睹之怪現狀》小說中的小官蔡伯芬，總是會因為自己的頂珠而感到「相形見絀」。

鬼鬼祟祟

釋義　祟：讀作ㄙㄨㄟˋ。形容行事不光明，偷偷摸摸的樣子。

出處　清．曹雪芹《紅樓夢．第三十一回》：「我倒不知道你們是誰，……便是你們鬼鬼祟祟幹的那事兒，也瞞不過我去！」

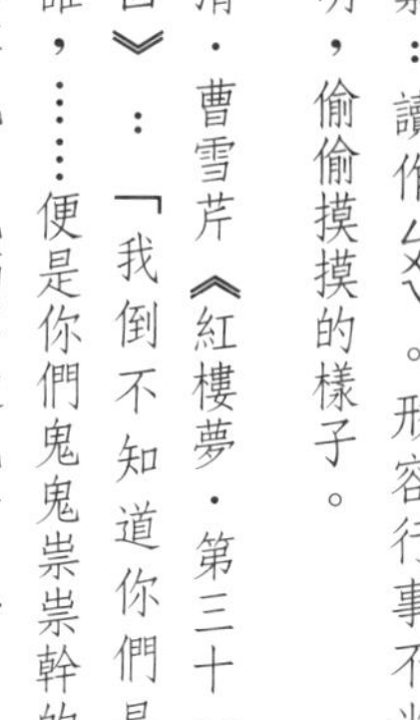

造句　這個人一直鬼鬼祟祟的在附近徘徊，不知道想要做什麼。

近義詞　心懷不軌、偷偷摸摸

反義詞　光明磊落、光風霽月

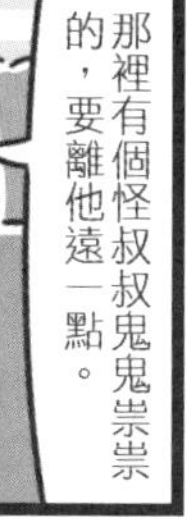
那裡有個怪叔叔鬼鬼祟祟的，要離他遠一點。

終於抓到你了！

下次不要亂跑，我擔心死了。

晴雯，為《紅樓夢》中人物，金陵十二釵又副冊之首，賈寶玉房裡的四個大丫鬟之一，具有反抗精神。第三十一回描述晴雯生病，而賈寶玉偷偷請人為她治病，即使聽到有鬼鬼祟祟的議論也不管。

支吾其詞

釋義

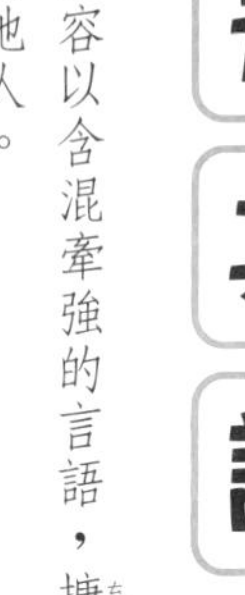

形容以含混牽強的言語，搪塞應付他人。

出處

《官場現形記．第二八回》：「但是，這句話又不便向時筱仁說明，只得支吾其詞道：『這不過我想情度理是如此。』」

造句

他面對臨檢時，卻支吾其詞，引起了警方的懷疑。

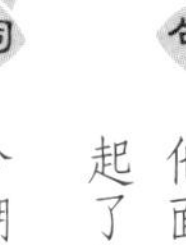

近義詞

含糊其詞、閃爍其詞

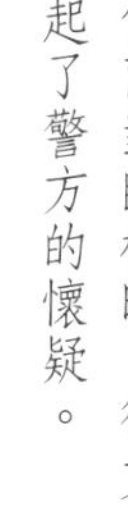

反義詞

直截了當、開門見山

嚇我一跳！
你在幹嘛？

沒、沒什麼啊。
你這樣支吾其詞的很可疑，是不是做了虧心事？給我老實交代！

其實我買了這個……
我就知道，你又亂買！

《官場現形記》第二八回，出現了一個人物時筱仁，他非常熱中於功名，甚至用錢買官位。他在與黃胖姑的對話中，黃胖姑因為有話不敢說，便支吾其詞，含混應付他。後來演變為成語「支吾其詞」。

滾瓜爛熟

釋義 比喻極為純熟流利。

出處 清・吳敬梓《儒林外史・第十一回》：「十一二歲就講書、讀文章，先把一部王守溪的稿子讀的滾瓜爛熟。」

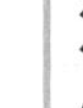

造句 他非常喜愛這部戲劇，甚至把裡面的台詞都背得滾瓜爛熟。

近義詞 倒背如流、順口成章

反義詞 顛顛倒倒、結結巴巴

我們可以一起克服眼前的困難的，不是嗎？

呃……抱歉、我忘詞了。

你的台詞是『但是我們終究無法在一起』。
沒想到妳整本劇本都背得滾瓜爛熟。我真是慚愧。

好，再來一次！

《儒林外史》第十一回講述了魯編修沒有兒子，因此把自己認為八股文章最重要的思想傳給了女兒，像是需要將稿子背得滾瓜爛熟。他還把希望寄託在女婿身上，但沒想到女婿卻對科舉功名一點興趣也沒有。

實至名歸

釋義　比喻人有真才實學，也獲得應有的美稱。

出處　清・吳敬梓《儒林外史・第十五回》：「敦倫修行，當受當事之知；實至名歸，反作了終身之玷。」

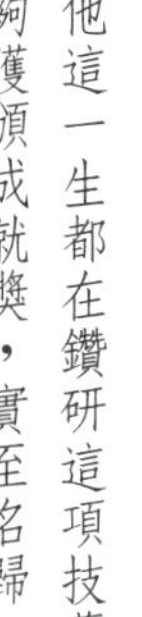

造句　他這一生都在鑽研這項技藝，能夠獲頒成就獎，實至名歸。

近義詞　名副其實、當之無愧

反義詞　徒有虛名、名不符實

採茶

晒茶

天下第一茶
恭喜您。
感謝大家。

她從種茶到製茶付出了無數心力，如今得獎也是實至名歸。

《儒林外史》描寫了近二百個人物，筆下的讀書人各具形象。而十五回中的馬秀才屬於中國的典型知識分子，為人古道熱腸，治學上卻很迂腐，將當官視為人生唯一目標。

略勝一籌

釋義 籌：讀作ㄔㄡˊ，籌碼。比喻兩相比較，其中一方稍微高明一些。

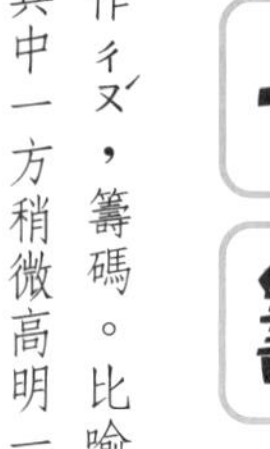
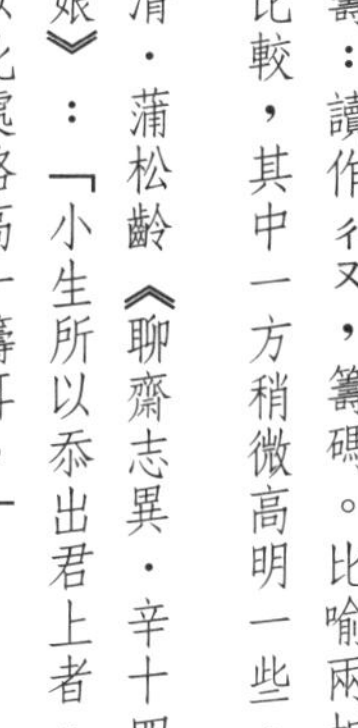

出處 清・蒲松齡《聊齋志異・辛十四娘》：「小生所以忝出君上者，以此處略高一籌耳。」

造句 這兩個人之間，要論球技的話，他還是略勝一籌。

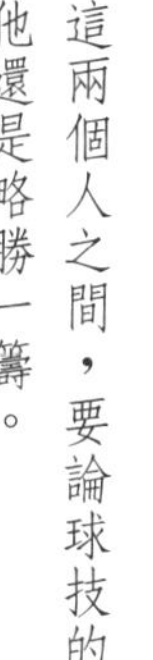

近義詞 高出一籌、棋高一著

反義詞 稍遜一籌、略低一著

他們的實力相當，感覺難以分出勝負。

不，對方還是略勝一籌。

《辛十四娘》為文言短篇小說。描述狐妖辛十四娘，心地善良，外表有如仙子。故事描寫她與馮生的愛情故事，然而她以助人為樂、修道成仙為志。歷經世間事，最終得以修道成仙。

認真
專注
唰唰唰
我感覺我這輩子都看不完……
地球文化真可怕……
滋
那我來考考你們，看你們掌握了多少！
肯定是我贏！
鬥志
滿滿

比賽過後……
開心
哈哈，我贏了！
耶！
嘿嘿，我可是有祕笈！
成語四格漫畫
太奸詐了！
送給你吧！
哇，謝謝！
為了獎勵你們好好學習，我請你們吃大餐！
太好了！
吃牛排、吃牛排！
我想吃甜點！
沒問題。

成語練習題

提示

一、成語填空接龍

1. 表示辦法錯誤，不可能達到目的。
2. 形容景物繁多，來不及觀賞。或形容事情繁忙。
3. 比喻暗中使用手段，以假換真，欺騙他人。
4. (橫)比喻說話做事不乾脆俐落。
5. (直)比喻事先做好準備。
6. 形容非常驚慌疑懼。
7. 比喻師長和藹親切的教導。
8. 多指在學問事業上獲得驚人的成就。
9. 比喻拘泥成規的做事，或是按照線索去辦事。
10. 比喻人已近老，生命將盡。或形容事物接近衰亡。
11. (橫)比喻不知禮敬或認不出地位高、本領大的人。
12. (直)比喻不管好壞，一起毀滅。
13. 形容思念極深。
14. 快樂到一點也不想回去。
15. 比喻不自量力的行為導致了失敗。
16. 指同類的東西聚在一起。後也比喻壞人彼此勾結在一起。

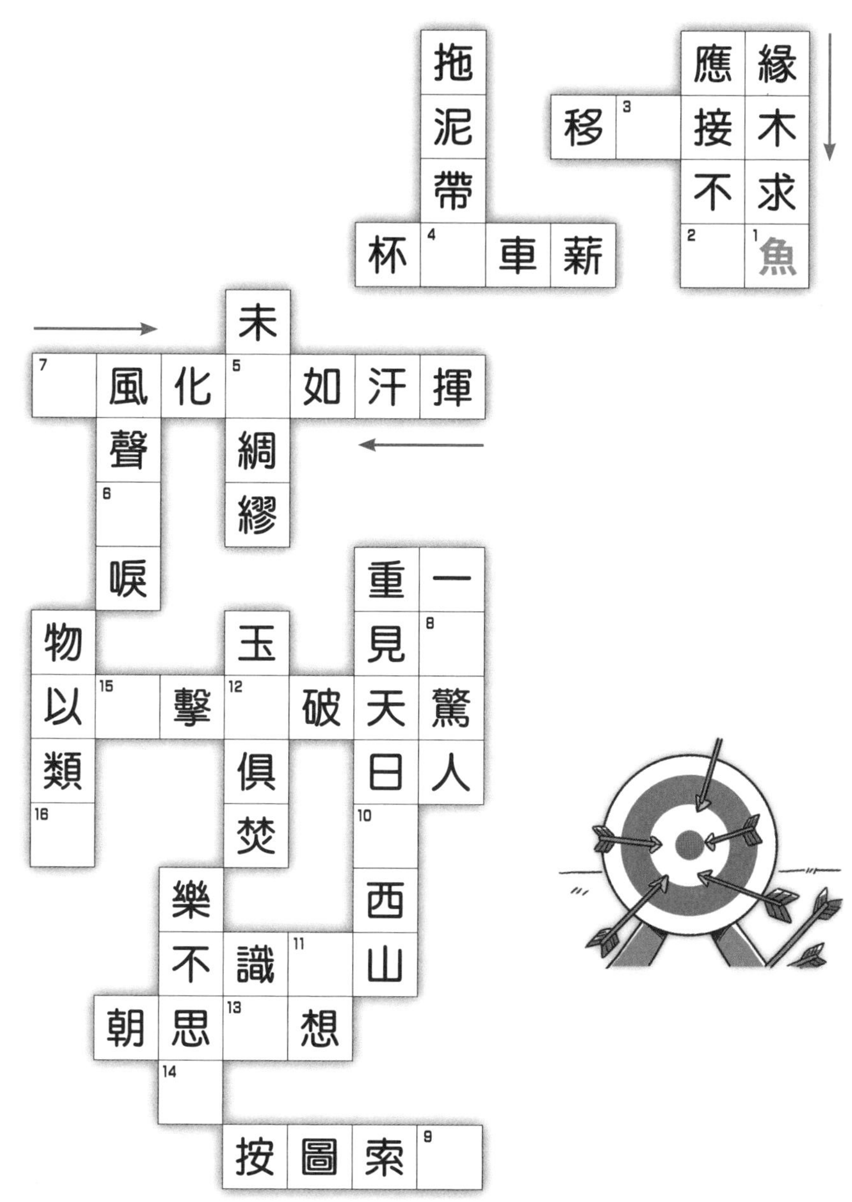
拖
泥
帶
杯
4
車
薪
應
緣
移
3
接
木
不
求
2
1
魚
末
7
風
化
5
如
汗
揮
聲
綢
6
繆
嗅
重
一
物
玉
見
8
以
15
擊
12
破
天
驚
類
俱
日
人
16
焚
10
樂
西
不
識
11
山
朝
思
13
想
14
按
圖
索
9

二、成語辨音

請幫下列括號中的字填上正確的讀音

1. 「文」過飾非：
2. 海市「蜃」樓：
3. 暴「殄」天物：
4. 躊「躇」滿志：
5. 吹毛求「疵」：
6. 自慚形「穢」：
7. 同仇敵「愾」：
8. 「侃」侃而談：
9. 「譁」眾取寵：
10. 左支右「絀」：

三、經史子集知多少

（　）1. 中國的古籍大致可以分為「經」、「史」、「子」、「集」，例如《禮記》為經部。請問下列書籍中，何者不是「經部」？

A **論語**　**B** **資治通鑑**　**C** **尚書**　**D** **左傳**

（　）2. 楚辭，最早出現於戰國時代，是以屈原為主的詩人們創造的一種詩歌體裁。西漢時劉向將屈原、宋玉等詩人的作品合輯成《楚辭》一書。請問依據上文推斷，它應該會被分在哪一類中？

A **經部**　**B** **史部**　**C** **子部**　**D** **集部**

（　）3. 小君很喜歡李白的詩句，因此想找到李白所有的詩詞，請問她該到《四庫全書》中哪一部類尋找呢？

A **經部**　**B** **史部**　**C** **子部**　**D** **集部**

（　）4. 筱筱想到圖書館查閱古書，不過她還沒有搞懂經史子集四部，請幫她從下列敘述，找出正確的查閱方式？

A《論語》是以孔子言行為主的彙編，所以要查集部
B《左傳》記錄了春秋時代的史事，所以要查詢史部
C《孫子兵法》為中國最早的兵書，所以要查詢子部
D《周易》紀載了古人的卦象、卦辭，所以查詢集部

（　）5. 「史部」中，收錄了凡記事的書，如正史、編年史、紀事本末、別史、雜史、傳記以及地理、時令、職官、政書等等。請問下列哪一項是收錄在史部呢？

A 尚書　B 漢書　C 禮記　D 周易

（　）6. 春秋戰國時代，百家爭鳴，出現了許多流派學說。而這些學說便收錄在「子」部中。請問下列哪一項是收錄在子部呢？

A 三國志　B 世說新語　C 呂氏春秋　D 唐代傳奇

（　）7.《詩經》是中國最早的詩歌總集，裡面收錄從西周初年到春秋時代的詩歌，共有三百多篇。若是依照經史子集的分類，它應該是收錄在「集部」，然而實際上它卻是被收錄在「經部」，請問是下列哪個原因呢？

A 詩篇出自於各地區，收藏價值高　B 孔子以詩經教學生，提高了地位
C 開創韻文，由國家統治者所認定　D 其內容體裁豐富，被世人所推崇

四、人物與成語連連看

一鳴驚人	項羽
因材施教	劉禪
樂不思蜀	趙雲
洛陽紙貴	孔子
破釜沉舟	楚莊王
偃旗息鼓	左思
石破天驚	王獻之
人面桃花	劉禹錫
退避三舍	晉文公
管中窺豹	李賀
司空見慣	崔護
紙上談兵	趙括

?

五、打圈叉

意思相近的成語請畫○，不是的請打×

1. 人面桃花（　）人去樓空
2. 胼手胝足（　）輕而易舉
3. 未雨綢繆（　）曲突徙薪
4. 無稽之談（　）信誓旦旦
5. 日薄西山（　）蒸蒸日上
6. 空谷足音（　）屢見不鮮
7. 走馬看花（　）霧裡看花
8. 平分秋色（　）棋逢對手
9. 買櫝還珠（　）本末倒置
10. 克紹箕裘（　）後繼無人

六、成語植栽樂

請在花辦的空格裡填入適當的植物

桃 李 門 滿
披 斬 棘
刺 背 在
名 列 前
良 禽 擇

七、看圖猜成語

眉
形
影
兵
北
擊
聲
秋
色
東
閣
信

例（揚眉吐氣） 1.（　　　　） 2.（　　　　）

3.（　　　　） 4.（　　　　） 5.（　　　　）

6.（　　　　） 7.（　　　　） 8.（　　　　）

八、動物成語填填看

請在空格處填入適當的動物

例 抱頭（鼠）竄：比喻像老鼠害怕人一般，狼狽逃走的樣子。

1. 緣木求（　）：表示辦法錯誤，是不可能達到目的。

2. 群（　）無首：比喻缺乏領導者，人們無法統一行動。

3. 鳩佔（　）巢：比喻坐享其成，或是強占他人住處。

4. 愛屋及（　）：比喻愛一個人也連帶的關心到與他有關的人或物。

5. 杯盤（　）藉：形容酒席完畢，桌面杯盤散亂的情形。

6. 狐假（　）威：比喻藉著有權者的威勢欺壓他人、作威作福。

7. 亡（　）補牢：比喻犯錯後及時更正，還來得及補救。

8. （　）死誰手：本比喻誰能奪得天下。後多用於競爭比賽，誰能獲勝。

9. 風聲（　）唳：形容非常驚慌疑懼。

10. 虛與委（　）：指對人虛情假意，敷衍應酬。

11. 管中窺（　）：比喻所見，只是事物的一小部分。

12. 鶴立（　）群：後用來形容某人相當的出衆。

13. （　）耳東風：比喻對別人的話無動於衷。

14. 雪泥（　）爪：比喻往事所遺留的痕跡。

15. 驚弓之（　）：比喻曾受打擊或驚嚇，往往稍有動靜就特別害怕的人。

16. 殃及池（　）：比喻無緣無故地遭受禍害。

九、填上近義詞

請幫下列成語找出近義詞

左支右絀　欲蓋彌彰　錙銖必較
罄竹難書　海市蜃樓

1. 捉襟見肘
2. 罪大惡極
3. 文過飾非
4. 鏡花水月
5. 一毛不拔

十、成語對接

下列括號中的為相同首尾字，請依據上下文，填入正確的字

1. 唾手可（　　）寸進尺
2. 落葉歸（　　）深蒂固
3. 洗心革（　　）如死灰
4. 重見天（　　）薄西山
5. 茅塞頓（　　）誠布公

十一、疊字樂

下列括號中的為疊字，請填入正確的字

了了　井井　鼎鼎　步步　滔滔
娓娓　楚楚　綽綽　循循　侃侃

1.（　）（　）可憐
2. 大名（　）（　）
3.（　）（　）為營
4.（　）（　）而談
5.（　）（　）道來
6.（　）（　）不絕
7.（　）（　）善誘
8.（　）（　）有條
9.（　）（　）有餘
10. 小時（　）（　）

十二、填上反義詞

請幫下列成語找出反義詞

形影不離　防微杜漸　躊躇滿志
管中窺豹　約定俗成

1. 臨渴掘井
2. 天各一方
3. 灰心喪氣
4. 高瞻遠矚
5. 另闢蹊徑

十三、替換成語

請將　　中的句子替換為適當的成語

（　）1. 她當初接下這個大案子，卻沒有一個人看好，如今獲得了好成績，總算在衆人面前露出了高興痛快的神情。

A 茅塞頓開　B 譁眾取寵　C 烏煙瘴氣　D 揚眉吐氣

（　）2. 對於長輩的好言相勸，他根本當作沒聽見一般，現在依然整天遊手好閒，實在是令人擔憂。

A 走馬看花　B 馬耳東風　C 雪泥鴻爪　D 空谷足音

（　）3. 祖父不願意離開老家，因為家中的產業是他幾十年來一手所打造出來的，自然捨不得放棄一切。

A 胼手胝足　B 別出心裁　C 鬼使神差　D 輕描淡寫

（　）4. 他從事木雕已經幾十年了，已然是頂尖的大師，如今由兒子繼承，將這門手藝傳承下去。

A 貽笑大方　B 譁眾取寵　C 打退堂鼓　D 克紹箕裘

（　）5. 最近公司正推展著公益項目，而一向熱心的他，在受到推舉後，便主動承擔起來。

A 當仁不讓　B 推己及人　C 置之度外　D 良禽擇木

（　）6. 他因為曾經被取笑過，所以現在完全都不願意開口說英文了，而因為從前的差錯就不願再去做，實在是令人覺得可惜。

A 莫測高深　B 遇人不淑　C 因噎廢食　D 見仁見智

（　）7. 她在這家公司任職多年，不但毫無建樹，平日還經常打混摸魚，等同是占著職位、領著薪水，卻不做事。

A 束之高閣　B 尸位素餐　C 欺世盜名　D 高枕無憂

（　）8. 看到他常常因為工作而忘了吃飯，導致健康亮紅燈。長輩看到他都忍不住一再的叮嚀，希望他能聽進去。

A 老生常談　B 巧言令色　C 直言不諱　D 耳提面命

（　）9. 他曾經被交情不錯的同事陷害過，因此現在不管是應對上司、同事、下屬都區別的非常清楚，絕對不會有任何私交。

A 涇渭分明　B 進退維谷　C 如履薄冰　D 殊途同歸

（　）10. 他剛進到這家公司，便被安排與總經理一起出差，在火車上時，想到嚴肅的總經理就在一側，一路上都覺得很不自在。

A 緣木求魚　B 五體投地　C 如坐針氈　D 置之度外

（　）11. 他一直為這件事情所困擾著，而今天聽到你的建議，立刻明白了，解開了自己的心結。

A 患得患失　B 茅塞頓開　C 不二法門　D 唾手可得

（　）12. 你之前明明就答應過要幫忙，現在又說話不算話，那我之後也不敢再相信你了。

A 出爾反爾　B 口若懸河　C 裝腔作勢　D 啞口無言

十四、短文填寫

請根據文意，填入恰當的成語

不寒而慄、輕舉妄動、鬼鬼祟祟、痛心疾首、惡貫滿盈、失之交臂

1. 一聽到（　　　）的通緝犯在此出沒，一時間人心惶惶，尤其聽到他又再度犯案，更讓人（　　　）。所以呼籲大家，若看到有（　　　）的人在附近徘徊，千萬不要（　　　），而是小心不引起注意，再打電話報警！

功成名就、因材施教、洗心革面、大器晚成、鑄成大錯、鳴金收兵

2. 別看他年紀輕輕就已經（　　　），但其實他以前總是惹事生非，更差點為了金錢而（　　　）。多虧了導師（　　　）、諄諄教誨。他最後終於（　　　），往正途邁進，才有了今日的成功。

焦頭爛額、慷慨解囊、捉襟見肘、應接不暇、遊刃有餘、約定俗成

3. 他經營的小店狀況不佳，加上家人生病，實在是忙到（　　　）。週轉金加上醫藥費，已經讓他陷入了（　　　）的地步。幸好有好友的（　　　），幫助他度過難關。如今店裡的狀況變好，客人紛湧而至，已經是（　　　）了。

遇人不淑、體無完膚、不堪回首、息事寧人、芒刺在背、一針見血

4. 她的丈夫曾經對她拳打腳踢，導致她滿身傷痕、（　　　）。鄰居不禁同情她（　　　）的遭遇，勸她絕對不可以（　　　），輕易原諒對方。如今她已經忘卻那段（　　　）的日子，找回了自己的快樂。

不速之客、肆無忌憚、鳩佔鵲巢、尸位素餐、同仇敵愾、杯盤狼藉

5. 他們正在慶祝新居落成時，卻有（　　　）來訪。此人不但（　　　）的大吃大喝起來，還弄得一片（　　　），最後甚至賴著不走。面對這樣打著（　　　）意圖的人，主人家也只好報警處理了。

置之度外、毛遂自薦、一網打盡、功虧一簣、捨本逐末、群龍無首

6. 他為了抓住犯罪集團的主謀，（　　　）當臥底潛入藏匿地點，已然將個人生死（　　　）。在逮捕了主謀之後，剩下的人（　　　），都慌了手腳。最後被警方（　　　），全數鋃鐺入獄。

相形見絀、大名鼎鼎、實至名歸、打退堂鼓、堂堂正正、堅定不移

7. 他精心準備畫展，但沒想到同時間（　　　）的前輩也設展，想到自己的作品與前輩的作品相比，不免（　　　），所以有了（　　　）的念頭。在親友的鼓勵下，念頭一轉，決心（　　　）的面對此次的對決。

如履薄冰、不識時務、初出茅廬、束之高閣、洛陽紙貴、樂此不疲

8. 這個作家（　　　）之際，曾經因為年輕氣盛、（　　　）而被前輩打壓。但他絲毫不退縮，每天依舊（　　　）的寫作。如今終於出版新作，一時間（　　　），人人競相購買。

成語
練習題

解答

第272頁 一、成語填空接龍

						拖				應	緣
						泥		移	3花	接	木
						帶				不	求
					杯	4水	車	薪		2暇	1魚
			未								
7春	風	化	5雨	如	汗	揮					
	聲		綢								
	6鶴		繆								
	唳				重	一					
物			玉		見	8鳴					
以	15卵	擊	12石	破	天	驚					
類			俱		日	人					
16聚			焚		10薄						
		樂			西						
		不	識	11泰	山						
	朝	思	13暮	想							
		14蜀									
			按	圖	索	9驥					

第274頁 二、成語辨音

1. ㄨㄣˋ
2. ㄕㄣˋ
3. ㄊㄧㄢˇ
4. ㄔㄨˊ
5. ㄘ
6. ㄏㄨㄟˋ
7. ㄎㄞˋ
8. ㄎㄢˇ
9. ㄏㄨㄚˊ
10. ㄔㄨˋ

第274頁 三、經史子集知多少

1. B
2. D
3. D
4. C
5. B
6. C
7. B

解析：

1. (B)資治通鑑爲史部。
4. 論語、左傳、周易皆爲經部。
6. 呂氏春秋爲雜家，所以被分在子部。

第276頁 四、人物與成語連連看

一鳴驚人	項羽
因材施教	劉禪
樂不思蜀	趙雲
洛陽紙貴	孔子
破釜沉舟	楚莊王
偃旗息鼓	左思
石破天驚	王獻之
人面桃花	劉禹錫
退避三舍	晉文公
管中窺豹	李賀
司空見慣	崔護
紙上談兵	趙括

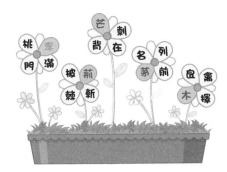

第277頁

五、打圈叉

1. ○
2. X
3. ○
4. X
5. X
6. X
7. X
8. ○
9. ○
10. X

第277頁

六、成語栽植樂

桃 李 門 滿

披 荊 棘 斬

芒 刺 背 在

名 列 茅 前

良 禽 木 擇

第278頁

七、看圖猜成語

例（揚眉吐氣） 1.（本末倒置） 2.（形影不離）

秋
色

3.（紙上談兵） 4.（聲東擊西） 5.（平分秋色）

6.（顛倒黑白） 7.（束之高閣） 8.（信口開河）

第279頁

八、動物成語填填看

1. 魚
2. 龍
3. 鵲
4. 烏
5. 狼
6. 虎
7. 羊
8. 鹿
9. 鶴
10. 蛇
11. 豹
12. 雞
13. 馬
14. 鴻
15. 鳥
16. 魚

第280頁

九、填上近義詞

1. 捉襟見肘　左支右絀
2. 罪大惡極　罄竹難書
3. 文過飾非　欲蓋彌彰
4. 鏡花水月　海市蜃樓
5. 一毛不拔　錙銖必較

第280頁

十、成語對接

1. 得
2. 根
3. 面
4. 日
5. 開

第281頁

十一、疊字樂

1. 楚楚
2. 鼎鼎
3. 步步
4. 侃侃
5. 娓娓
6. 滔滔
7. 循循
8. 井井
9. 綽綽
10. 了了

第281頁

十二、填上反義詞

1. 臨渴掘井　防微杜漸
2. 天各一方　形影不離
3. 灰心喪氣　躊躇滿志
4. 高瞻遠矚　管中窺豹
5. 另闢蹊徑　約定俗成

第282頁

十三、替換成語

1. D
2. B
3. A
4. D
5. A
6. C
7. B
8. D
9. A
10. C
11. B
12. A

第284頁

十四、短文填寫

1. 惡貫滿盈、不寒而慄、鬼鬼祟祟、輕舉妄動
2. 功成名就、鑄成大錯、因材施教、洗心革面
3. 焦頭爛額、捉襟見肘、慷慨解囊、應接不暇
4. 體無完膚、遇人不淑、息事寧人、不堪回首
5. 不速之客、肆無忌憚、杯盤狼藉、鳩佔鵲巢
6. 毛遂自薦、置之度外、群龍無首、一網打盡
7. 大名鼎鼎、相形見絀、打退堂鼓、堂堂正正
8. 初出茅廬、不識時務、樂此不疲、洛陽紙貴

索引

（以筆畫排列）

一劃

二劃

三劃

四劃

五劃

六劃

七劃

八劃

九劃

孤獨星球專為孩子設計的科學圖鑑！

世界趣聞真奇妙

世界趣聞真奇妙
小知識大驚奇！

小知識大世界，一起來看有關於世界的12個主題！

此書大膽揭露花花世界各種驚奇祕辛，跟著文字環遊世界，從神祕北韓、非洲大草原，再到南美洲的山村，甚至連地球的極熱與極冷之地都要探究，一睹世外桃源真面目，世界之大無奇不有，多見多怪增廣見聞！

The Flag Book
一次看懂世界國旗

一次看懂世界國旗

從國旗知曉歷史、地理、宗教背景，在世界地圖上說故事給你聽！

國旗無所不在，每個國家都有屬於自己的一面國旗。我們可以從建築物或船桿上看到迎風飄揚的國旗，也可以從慶祝活動及運動盛會上看到人們揮舞著旗幟。但是你有想過旗幟背後所隱藏的涵義嗎？

為什麼只有地球能住人？

地球千奇百怪什麼都不奇怪，
所有關於地球的問題都在此書！

為什麼只有地球能住人？
THE BIG EARTH BOOK
因為土壤、空氣、火和水

打開這本書，穿越過歷史、地理和科學。地球是怎麼成形？怎麼孕育出像你和我一樣的各種生物？土壤、空氣、火和水到底又是怎麼一回事？大量的插畫把這個神祕獨特又充滿魅力的地球暴露在你面前，帶你一覽這個世界的神奇奧妙之處。

太空漫遊

太空漫遊
探索千變萬化的星系
盡情漫遊宇宙！

帶你離開太陽系，進入天外之外！
一場盡收宇宙奧祕的旅程即將展開。

要從銀河系的這一頭到達另一頭，要花上100,000年的時間。而人類最偉大的不是實現登月冒險，而是擁有穿越宇宙冒險的夢想力！最詳盡的宇宙百科，將帶你穿越太陽系，到達星海彼端。

國家圖書館出版品預行編目資料

成語四格漫畫 2 ／木海著；souart 繪 . -- 初版 .
-- 臺中市：晨星出版有限公司，2022.08
面；　公分 . --（蘋果文庫；139）

ISBN 978-626-320-214-6（平裝）

1.CST: 漢語 2.CST: 成語 3.CST: 漫畫

802.183　　111010738

蘋果文庫 139

成語四格漫畫❷

作者｜木海
繪者｜souart

特約企劃｜陳品蓉
封面設計｜souart、陳柔含
美術設計｜黃偵瑜

填寫線上回函，立刻享有
晨星網路書店50元購書金

創辦人｜陳銘民
發行所｜晨星出版有限公司
行政院新聞局局版台業字第2500號
總經銷｜知己圖書股份有限公司
地址｜台北 106台北市大安區辛亥路一段30號9樓
TEL：(02)23672044 ／ 23672047　FAX：(02)23635741
台中 407台中市西屯區工業30路1號1樓
TEL：(04)23595819　FAX：(04)23595493
E-mail｜service@morningstar.com.tw
晨星網路書店｜www.morningstar.com.tw
法律顧問｜陳思成律師
郵政劃撥｜15060393　知己圖書股份有限公司
讀者服務專線｜04-23595819#212

印刷｜上好印刷股份有限公司

出版日期｜2022年08月15日
定價｜新台幣350元
ISBN 978-626-320-214-6

Publishing by Morning Star Publishing Inc.
Printed in Taiwan